THiLO

1000 Gefühle

Traumtyp am Filmset

THiLO verbrachte den Großteil seiner Kindheit in der elterlichen Buchhandlung – die optimale Vorbereitung auf seine spätere Laufbahn als Autor. Nach dem Studium arbeitete er für Funk und Fernsehen und schrieb unter anderem Drehbücher für „Bibi Blocksberg" und „Sesamstraße". Für den Roman zum Film „Wickie und die starken Männer" gewann er den österreichischen Buchliebling 2010. Heute lebt er mit seiner Frau, seinen vier Kindern und einem feuerroten Kater in Mainz.

Mehr über THiLO gibt es unter
www.thilos-gute-seite.de

THiLO

1000 Gefühle

Traumtyp am Filmset

Mit Illustrationen von Carolin Liepins

Ravensburger Buchverlag

Als Ravensburger Taschenbuch
Band 52560
erschienen 2016

FSC
www.fsc.org
MIX
Aus verantwortungsvollen Quellen
FSC® C114500

1 2 3 4 5 E D C B A

Originalausgabe

Illustrationen: Carolin Liepins
Umschlaggestaltung: Maria Seidel, atelier-seidel.de
unter Verwendung von Motiven von © Hi-jang/Thinkstockphoto;
© Annykos/Thinkstockphoto; © nnnnae/Thinkstockphoto
sowie Illustrationen von Carolin Liepins

Printed in Germany
ISBN 978-3-473-52560-7
www.ravensburger.de

Inhalt

Casting-fieber

Natürlich kam Paula zu spät. Paula kam immer zu spät, daran hatte Lara sich in den langen Jahren mit ihrer besten Freundin schon gewöhnt. Aber zu ihrer Lieblingsserie im Fernsehen? Der Vorspann lief immerhin schon seit sechzehneinhalb Sekunden.

„'tschuldigung!", japste Paula und warf sich neben Lara aufs Bett. „Der Bus, der Müllwagen, Bombenalarm in der Stadt – such dir einen Grund aus, warum ich nicht pünktlich sein konnte …"

Paula nahm sich ein Stück Schokolade und schob es sich genüsslich zwischen die Lippen.

Die Chaos-WG, flimmerte es in großen Buchstaben über

den Bildschirm. Zwei Jungs, zwei Mädchen im Chaos der Gefühle.

„Jetzt, jetzt, jetzt!“, jubelte Lara und biss sich auf den Handballen. Sie kannte den Vorspann genau. Hatte ihn schon zehntausendmal vor- und zurückgespult. Und nun kam der Höhepunkt der ganzen Serie. Ein Junge erschien. Nein, nicht ein Junge. *Der* Junge! Groß, sportlich, blond und waaaaahnsinnig gut aussehend. Ihr großer Schwarm.

Adam Groß ist Jason, stand unter dem Bild.

Er lächelte und Laras Herz machte einen Hüpfer.

„Ich glaube, ich werde ohnmächtig …“, säuselte Lara und ließ sich rückwärts aufs Bett fallen. „Ist er nicht der tollste Typ, der jemals auf der Erde herumlief?“

Sie betrachtete ihre Wand, die mit Postern von Adam Groß nur so gepflastert war.

Paula lachte. „Das habe ich dir doch schon gestern bestätigt. Und vorgestern. Und letzte Woche fünf Mal.“

Lara seufzte und setzte sich wieder auf. Sie wollte keine Sekunde der Chaos-WG verpassen. Vor allem keine Sekunde, in der Adam Groß auftauchte. Adam Groß spielte die Rolle des coolen Jason. Der war in London aufgewachsen, ging nun aber in Deutschland zur Schule. Seine Eltern waren in

England geblieben und er hatte eine WG gegründet. Die Chaos-WG. Zwei Mädchen und ein weiterer Junge teilten sich mit ihm eine Wohnung. Mit einem der Mädchen, Stella, war Jason einmal zusammen gewesen, aber schon in Folge 463 hatte er Schluss gemacht.

„Ich glaube, Stella war ihm zu oberflächlich“, murmelte Lara. „Ich würde viel besser zu Adam passen.“

Paula rollte mit den Augen.

„Lara, du bist dreizehn, Adam Groß siebzehn!“, antwortete Paula. „Der ist zu alt für dich!“

Lara schnaubte. „Erstens bin ich dreizehn Jahre, sieben Monate und drei Tage alt – also fast schon vierzehn. Und zweitens sind Mädchen immer weiter als Jungs. Sieh dir doch die Rotznasen aus unserer Klasse an. Die spielen noch mit ihrer Eisenbahn. Und wir Mädels stehen schon voll im Leben! Kimberley hatte sogar schon einen Freund!“

Es fiel Lara nicht leicht, den Namen ihrer Klassenkameradin auszusprechen. Niemand mochte sie. Jedenfalls kein Mädchen. Bei den Jungs allerdings war das komplett anders. Die umschwärmten Kimberley wie die Motte das Licht. Oder wie Fliegen das Scheißhaus, wie Paula immer sagte. Wenn Kimberley in der Nähe war, dachte keiner der Jungs mehr an seine Eisenbahn. Und letztens hatte sie mit

einem aus der Neunten geknutscht. Mitten auf dem Schulhof, damit es auch ja alle mitkriegten.
Lara lachte. „Ist dir schon mal aufgefallen, wie ähnlich sich Kimberley und Stella sind?"
Paula nickte. „Voll! Oberflächlich ist für Kimbie sogar noch ein Kompliment!"
Sie kicherten. Dann schwiegen sie. Denn Jason betrat ein Fitnessstudio. In kurzer Hose und engem Muskelshirt. Dazu lächelte er sein Jason-Lächeln, das Laras Knie jedes Mal in Wackelpudding verwandelte. Sie wusste, dass ihre halbe Klasse für Adam Groß schwärmte. Also alle Mädchen, auch Paula. Aber die fanden ihn einfach nur irgendwie gut aussehend oder cool. Bei Lara war das etwas anderes. Das war echte Liebe. Durch und durch, das spürte Lara deutlich an ihrem wild klopfenden Herzen.

Auch dieses Mal kriegte sich Laras Herz während der nächsten achtundzwanzig Minuten nicht wieder ein. Dann war die Folge der *Chaos-WG* zu Ende.
Lara sprang auf und ging zum Bücherregal. Sie zog die erste

einer langen Reihe von DVDs heraus. „Sollen wir noch mal die ersten Folgen gucken? Da ist Adam noch sechzehn …"
Paula schüttelte abwesend den Kopf. Sie sah aus, als hätte Lara ihr eben vorgeschlagen, barfuß zum Nordpol zu laufen.
Lara zuckte mit den Schultern. „Na gut, dann eben nicht."
Plötzlich zeigte Paula aufgeregt auf den Fernseher. „Das … das gibt´s doch gar nicht!"
Sofort war Lara zurück auf dem Bett. Und was sie las, verschlug auch ihr die Sprache. Der Abspann war vorbei. Doch anders als sonst war jetzt noch mal Adam Groß zu sehen. Er saß alleine auf dem grünen Sofa im Wohnzimmer der WG. Aber er sah nicht wie Jason aus, sondern wie Adam.
Er zeigte auf Lara. Jedenfalls war Lara sich sicher, dass Adam nur zu ihr sprach. „Hi, bist du ein cooles Mädchen zwischen dreizehn und fünfzehn? Liebst du die Chaos-WG? Dann mach doch mit! Nächste Woche wollen wir eine neue Rolle vergeben. Warum nicht an dich? Komm vorbei zum Casting in unserem Studio. Und wenn du uns überzeugst, bist du vielleicht bald schon hier."

Adam Groß hielt ein Poster hoch. Lara kannte es, sie hatte das gleiche. Auf der einen Seite war er, also Jason, und neben ihm Stella, als sie noch zusammen waren. Sie hielten Händchen. Doch der Kopf von Stella war weiß gemacht worden. Platz für eine Neue …

„Schick uns vorab deine Bewerbung mit Foto an …"

„Stift!", schrie Lara. „Stift!"

Hektisch sprang sie zum Schreibtisch und riss eine Schublade auf. Nahm drei Kulis und stolperte zurück zum Bett. Grapschte nach dem Matheheft und krakelte quer über die erste Seite die Adresse, die eingeblendet wurde. Das heißt, sie wollte krakeln. Aber der erste Kuli schrieb nicht. Der zweite brach in der Mitte durch. Und der dritte spuckte ihr eine klebrige Tintenpfütze über die Hand.

„Ahhhh!", blökte Lara. Sie war kurz vorm Nervenzusammenbruch. Als sie endlich einen Bleistift gefunden hatte, war die Adresse schon wieder ausgeblendet.

„Nein!", klagte Lara. „Nein! Mein Leben ist ruiniert! Wenn die Adresse nicht im Internet steht, dann …"

Paula lachte. „Lara, du bist immer so dramatisch! Und außerdem setzt dein Gehirn im entscheidenden Moment aus." Sie hielt Lara ihr Handy unter die Nase. Auf dem Display war verschwommen ein Fernseher zu sehen.

„Ich bin cool geblieben und habe die Adresse einfach abfotografiert."

Lara schnaufte. Sie fühlte sich wie ein Nilpferd nach einem Marathonlauf. „Dann sag mal an!" Sie presste den Bleistift aufs Papier. Aber es kam nichts. Lara drehte sich

zur Seite. Paula tat so, als müsste sie gaaaaanz wichtige Nachrichten lesen.
„Wer sagt denn, dass ich dir die Adresse gebe?", antwortete Paula und grinste. „Je mehr Mädchen sich fürs Casting anmelden, desto kleiner wird doch meine Chance, da mitzumachen ..."
Lara ließ empört den Stift fallen. „Das wagst du nicht! Sonst kitzele ich dich, bis du ohnmächtig wirst." Lachend stürzte sie sich auf ihre beste Freundin. Schon bald rollten sie fest ineinander verkeilt über den Teppich.
„Ich wollte schon immer mal auf ein Poster neben Adam Groß!", presste Paula zwischen zwei Lachanfällen heraus. Sofort pikste Lara ihre Finger noch fester zwischen Paulas Rippen.
„Okay, okay, ich gebe auf!", japste Paula. „Du kannst die Rolle haben!" Mit verstrubbelten Haaren setzte sie sich auf und griff nach dem Handy. Zwei Sekunden später piepste Laras Smartphone. Zufrieden betrachtete sie das Bild, das Paula ihr gerade geschickt hatte.
„Ich mache das wirklich!", versprach Lara. „Schau her!"
Sie stellte sich vor ihren deckenhohen Spiegel, neigte den Kopf leicht und lächelte wie eine Schauspielerin.
„Hi, ich bin Maja." Lara plinkerte mit den Augen. „Kommst du jeden Dienstag hier ins Fitnessstudio, Jason?"
Paula prustete los. „Das war super!", lobte sie. „Jetzt musst du nur noch fünfundvierzig Kilometer auf dem Laufband schaffen und Jason ist dir auf ewig verfallen."

Lara ging zu ihrer besten Freundin und drückte sie fest an sich. Es fühlte sich so gut an, einen Menschen zu haben, mit dem man jedes Geheimnis teilen konnte. Ihre Eltern waren ja ganz okay, aber alles konnte und wollte Lara mit denen nicht besprechen. Paula aber hatte immer Verständnis, so peinlich ihre Probleme auch waren. Sie hörte immer zu und baute Lara wieder auf. Oder zeigte ihr einen Vogel, wenn Lara sich in irgendetwas hineingesteigert hatte.

Genau so hatte Paula ihr geholfen, als ihr Cockerspaniel Böhnchen im letzten Jahr gestorben war. Ihre Freundschaft war so tief und uneigennützig. So wünschte sich Lara auch die Beziehung zu ihrem ersten Freund. Zu Adam Groß.

„Hilfst du mir, meine Bewerbung zu schreiben?", fragte Lara. Sie ließ Paula los.

Paula sah auf die Uhr. „Morgen gerne, aber heute will ich noch zum Hip-Hop. Hab schon die letzten beiden Male ausfallen lassen."

Lara nickte. Hip-Hop war Paulas größtes Hobby. Sie hatte auch echt Talent. Paula musste eine Choreografie nur einmal sehen und konnte sie sofort nachtanzen. Fast ohne Fehler.

Lara war schleierhaft, wie sie das machte. Sie selbst konnte sich keinen Schritt merken. Paulas Füße waren jedes Mal grün und blau, wenn sie versuchten, gemeinsam zu einem Song zu tanzen.

Paula und Lara küssten sich zum Abschied links und rechts.

„Paula?", sagte Lara, als Paula schon fast aus der Tür war. „Ich bin so froh, dich als Freundin zu haben. Sag mir ehrlich: Werden die mich zum Casting einladen?"

Paula zögerte keine Sekunde. „Natürlich! Und wenn sie Augen im Kopf haben, dann kriegst du auch die Rolle!"

Sie schmatzte einen Kuss in die Luft, dann war Lara allein. Allein mit ihren Gedanken. Die flogen nur so hin und her. Einmal sah sie sich auf dem Poster neben Adam Groß, Händchen haltend. Ein anderes Mal sah sie sich heulend aus dem Fernsehstudio laufen.

Lara blickte zum Lieblingsposter an ihrer Wand. Adam Groß in Lebensgröße.

„Ich krieg noch einen Nervenzusammenbruch wegen dir!", seufzte sie. „Also sorg gefälligst dafür, dass ich genommen werde!"

Und was passierte? Adam Groß nickte!

„Ja, du bist meine Auserwählte!", säuselte er.

Lara seufzte. Der Nervenzusammenbruch war scheinbar schon da …

Als Laras Mutter wenig später zum Abendessen rief, verzichtete Lara. Sie hatte Besseres zu tun, als sich Papas ruhmreiche Erlebnisse aus dem Büro anzuhören. Sie war mitten in ihrem Bewerbungsschreiben. Zum Glück hatte sie Oma überreden können, ihr zum dreizehnten Geburtstag einen Laptop zu schenken. *Schlepptop*, wie Oma immer sagte. Bisher hatte Lara ihn hauptsächlich zum Musikhören oder Videosschauen benutzt. Jetzt versuchte sie, die richtigen Worte für ihre Bewerbung zu finden. Ganz schön schwer!
Lara sah zum Poster. Adam Groß schwieg. Er wollte ihr sicher keinen Vorteil gegenüber den anderen Tussis geben, indem er ihr half.
Also, was schreiben? Sollte Lara voll auf selbstbewusst machen? Etwa so:

`Hi Filmteam, ich bin die, auf die ihr schon immer gewartet habt! Andere braucht ihr gar nicht einzuladen!`

„Hmmm", grummelte Lara. Klang eher eingebildet und überheblich als selbstbewusst. „Eher wie Kimbie", schoss es durch den Kopf. Sie musste kichern.
Vielleicht wäre es besser, etwas zurückhaltender zu sein:

Hallo, ihr Lieben. Ich habe mich so dolle gefreut, als ich von der neuen Rolle erfahren habe, und würde mich supisupisupi freuen, wenn ich eine Chance bekäme.

Da dachte das Team wohl eher, sie hätte einen Knall. Oder sollte sie sich als totaler Fan outen?

Klasse, Leute, dass ihr mal wieder eine Neue in die Chaos-WG bringen wollt. So wie Babs in Folge 237, die sich dann als Kleptomanin herausstellte. Oder Selfie-Janis, die von Folge 388 bis 392 allen mit ihrem Handy-Tick auf den Geist ging. Oder wie Julia, in die sich Jason in Folge 405 …

Lara drückte die Löschtaste. Das war irgendwie alles Käse. Gequirlter Käse, um genau zu sein. Sie warf sich aufs Bett und starrte an die Decke. Als sie sich wieder aufsetzte, waren die letzten drei Stücke Schokolade aus dem Alupapier verschwunden.
„Jetzt haben wir auch noch Mäuse!“, stöhnte Lara. Nein, so kam sie nicht weiter. Sie brauchte eine Beraterin. Sie brauchte Paula! Die müsste inzwischen eigentlich schon wieder zu Hause sein. Mehr als zweimal tutete es nicht. Dann war ihre beste Freundin am Handy.
„Wo brennt's?“, meldete sich Paula munter. Ihr war die

Fröhlichkeit selbst mit vorgehaltener Mathearbeit nicht auszutreiben.

„Ich kriege die Rolle nicht!", jammerte Lara theatralisch. „Ich schaff's ja noch nicht mal, eine Bewerbung zu schreiben!"

Sie sah zum Schlepptop. Die leere, weiße Seite gähnte ihr wie eine Schneelandschaft vom Bildschirm entgegen.

„Ist doch ganz leicht!", antwortete Paula. „Du musst nur einen Finger heben und auf eine Taste tippen. Dann wieder hochheben, andere Taste, und so weiter ..."

Lara war gar nicht zum Lachen zumute. „Stell dir vor, ich habe sogar *zwei* Finger benutzt. Aber es kam trotzdem nur Mist dabei heraus ... Ich habe im Kindergarten mal bei *Hänsel und Gretel* mitgespielt. Soll ich das schreiben?"

Paula dachte kurz nach. „Eine Hauptrolle?"

Lara schüttelte den Kopf, auch wenn Paula es nicht sehen konnte. „Ich war ein Baum. Aber der wichtigste Baum. Ich stand direkt neben dem Hexenhaus!"

„No!", schmetterte Paula zurück. „Sorg lieber dafür, dass alle Fotos von damals vernichtet werden ..."

Lara seufzte so tief, dass auch Paula den Ernst der Lage verstand.

„Okay", murmelte Paula ins Handy. „Willkommen zu *Tante Paulas Schreibwerkstatt*. Eine Bewerbung ist wie ein schriftliches Foto."

Jetzt musste Lara doch lachen. Schriftliches Foto, auf solche

Vergleiche kam nur ein verrücktes Huhn wie ihre beste Freundin.

„Die müssen das Lesen und dich gleich einladen wollen", fuhr Paula fort. „Du musst sie neugierig machen. Schreib nicht so einen Senf wie: Meine Hobbys sind Reiten, Schwimmen und Lesen – das macht jede. Da gähnen die vom Casting höchstens. Und schreib auf keinen Fall: Ich will unbedingt Schauspielerin werden. Das ist der Traum der Mädchen, die bis vor Kurzem noch Pferdepflegerin werden wollten."

Lara lachte wieder. Sie wusste genau, was Paula meinte. Es war nicht besonders einfallsreich, so etwas zu schreiben.

„Ja, okay … Aber wie bin ich denn?", hakte sie nach. Lara meinte die Frage ehrlich. Wie fast alle in ihrem Alter hatte sie keine Ahnung, wer sie eigentlich war.

„Du bist klug, witzig, schokoladensüchtig und …" Paula machte eine Pause. „… und meine beste Freundin, die jeden Spaß mitmacht." Sie atmete tief aus. „So, und nun muss ich unter die Dusche. Frank hat uns beim Hip-Hop ordentlich

rumgescheucht. Ich rieche wie ein Kamel an Karfreitag. Also, ich glaub an dich. Bis morgen!"
Damit legte sie auf.
Lara hopste sofort auf ihren Schreibtischstuhl. Paula war echt die Beste!

Liebes Team der Chaos-WG,

ich bin klug, witzig und eine tolle beste Freundin, die jeden Spaß mitmacht. Wenn ihr wissen wollt, ob das stimmt, ladet mich doch zum Casting ein. Ich bringe auch viiiiiiel Schokolade mit.

Viele Grüße
Lara (13/7/3)

Kurz überlegte Lara, ob sie statt „13 Jahre, 7 Monate und 3 Tage" lieber „14" schreiben sollte. Doch dann beschloss sie, bei der Wahrheit zu bleiben. Sie fügte noch ihre Adresse und Handynummer hinzu, druckte den Brief aus und ging ins Wohnzimmer. Ihre Eltern hockten vor dem Fernseher und sahen eine total langweilige Serie. Es kamen jedenfalls nur sehr wenige gut aussehende Siebzehnjährige darin vor.
„Ich gehe noch mal kurz raus", murmelte Lara und hoffte, die Sache sei damit abgehakt. Auf keinen Fall wollte sie ihren

Eltern von dem Casting erzählen. Sie hätte es nicht ertragen, von einer Absage zu berichten.

„Jetzt noch raus?“, polterte ihr Vater los. „Es ist gleich halb neun!“

„Nur mal frische Luft schnappen“, antwortete Lara. Das war ja nicht mal gelogen. Während sie den Brief zum Postkasten brachte, würde sie auf jeden Fall ein paarmal atmen … „Früher mit Böhnchen durfte ich doch auch.“

Ihr Vater sah ihre Mutter an. Ihre Mutter sah ihren Vater an. Es war ihr Hab-Verständnis-Schatz-unsere-Tochter-ist-nun-ein-Teenie-und-macht-merkwürdige-Sachen-Blick. Sie nickte.

Ihr Vater verstand und nickte ebenfalls. „Gut, aber um neun bist du wieder da.“

Lara war nun die dritte, die nickte. Selten war in diesem Zimmer so viel genickt worden.

„Habt ihr noch eine Briefmarke?“, fragte sie. „Ich habe Oma geschrieben.“

Ohne noch einmal aufzublicken, deutete ihr Vater auf die Schrankwand. In der langweiligen Serie wurde gerade jemand abgemurkst.

Schnell nahm Lara sich Marke und Umschlag und verdrückte sich. Ehe ihr Vater es sich anders überlegen konnte.

Draußen musste Lara dann tatsächlich ein paarmal tief durchatmen. Beinahe wurde ihr schwindelig vor Aufregung. Hier in ihrer Hand hielt sie ihre Zukunft! Den Freifahrtschein zum Glück. Zu einer Fernsehrolle. Zu Ruhm und Reichtum. Und zum Herz von Jason – oder besser: Adam Groß!

Mit zitternden Händen öffnete Lara die Klappe des Briefkastens. Bevor Lara den Brief einwarf, presste sie ihn noch kurz an ihre Lippen. Schmatz!

„Bring mir Glück!", hauchte sie dem Umschlag zu. Sie fühlte sich wie eine Prinzessin im Märchen, die eine Brieftaube zu ihrem heimlichen Geliebten schickte. Einen heimlichen Geliebten, von dem die böse Stiefmutter nichts wissen durfte. Lara schluckte. Tatsächlich gab es in ihrem Leben auch so eine Art böse Stiefmutter, die alles verderben konnte. Sie hieß Kimberley, ging in ihre Klasse und durfte niemals von diesem Casting erfahren.

Lara stampfte mit dem Fuß auf und steckte den Umschlag in den Briefkasten. Mit laut pochendem Herzen lief sie zurück nach Hause.

Zu Hause im Wohnzimmer berichtete der Kommissar gerade, dass die Polizei keine Spur von dem fiesen Blumentopfkiller hatte.

Lara nuschelte „Nacht!“ und verschwand in ihrem Zimmer. Schlaf fand sie in dieser Nacht jedoch nicht.

Der größte Albtraum kam am nächsten Morgen. Auf dem Schulhof war Kimberley von ihren Mitschülern umringt. Das war kein ungewöhnlicher Anblick. Das war jeden Morgen so. Die Jungs umschwärmten sie, wie die Fliegen das … Na ja. Was aber besonders war: Auch die Mädchen schwärmten mit. Selbst die aus höheren Klassen. Lara hielt nach Paula Ausschau, konnte ihre Freundin aber nirgends entdecken. Also biss sie die Zähne zusammen und näherte sich dem Haufen. Als Lara hörte, worüber Kimbie redete, krampfte sich ihr Magen zusammen.
„Klar kriege ich die Rolle!“, gab sie an. „Ich habe einfach nur ein Foto geschickt. Vorne ich, hinten meine Handynummer – mehr braucht's ja wohl nicht!“

Vor Laras Augen begann sich alles zu drehen. Die böse Stiefmutter hatte sich auch beworben! Und zu allem Unglück war sie hübsch wie Schneewittchen!
Lara taumelte rückwärts. Es fühlte sich an, als hätte ihr jemand den Boden unter den Füßen weggezogen. Und durch Wackelpudding ersetzt! Sie stieß gegen etwas Weiches.
„Hoppla!“, sagte eine bekannte Stimme hinter ihr. Eine Hand legte sich auf Laras Schulter. Lara fuhr herum und wurde augenblicklich rot. Es war Sam aus ihrer Parallelklasse.

Eigentlich Samuel, aber *Säm* hörte sich irgendwie cooler an. Sam war echt ganz süß. Aber vor einer Woche hatte er versucht, Lara ins Kino einzuladen. Obwohl jede Menge Klassenkameraden um sie herumgestanden hatten. Lara hatte natürlich Nein gesagt und mit den Augen gerollt. Seitdem ging Lara Sam aus dem Weg. Bis eben.

„Nicht so stürmisch!", feixte Sam, lächelte aber nett.

„En-Entschuldigung", stammelte Lara und ging einen Schritt von Sam weg. Sie konnte den Gedanken nicht beiseitedrängen, wie Adam Groß das Foto von Kimberley in den Händen hielt. Und sich natürlich sofort verknallte.

„Ist ja nichts passiert", beteuerte Sam freundlich. „Hast du's dir mit dem Kino noch mal überlegt?"

Lara schüttelte den Kopf. „Nein!" Dann nickte sie. „Ja!"

Sam zuckte mit den Schultern. „Nein? Ja? Was denn nun?"

Lara seufzte. „JA, ich habe mir überlegt, dass ich, NEIN, nicht mit dir ins Kino gehe. Und jetzt lass mich in Ruhe!"

Den letzten Satz sagte Lara viel ruppiger, als sie vorgehabt hatte. Sam konnte ja nichts dafür, dass ihr Traum gerade wie eine Seifenblase geplatzt war. Wenn Kimbie etwas wollte, dann bekam sie es auch. Das neuste Handy, die teuersten

Schuhe, den tollsten Jungen. Ende. Keine Diskussion.

Lara drehte sich um. „Tut mir …"

Aber Sam war schon zehn Meter entfernt. Und einem Jungen hinterherlaufen, das würde Lara nur für einen tun: für Adam Groß.

„Was machst du denn für ein Gesicht?", fragte Paula in der Klasse. „Hat das Filmteam schon abgesagt?"

Lara knallte ihren Rucksack vor ihren Tisch und warf sich auf den Stuhl neben Paula. „Das müssen sie gar nicht. Ich habe eh keine Chance."

„So darfst du nicht –"

„Kimberley hat sich auch beworben", fiel Lara ihrer Freundin ins Wort. „Und sie hat kein schriftliches Foto geschickt, wie ich. Sie hat ein richtiges geschickt. Das war's für mich!"

„Oh!", sagte Paula nur. Und dafür liebte Lara sie. Kein dummes *Och, ist doch nicht so schlimm!* oder *Kopf hoch, davon geht die Welt nicht unter!*

Doch, davon ging die Welt unter, und Paula war die Einzige, die sie nie durch dummes Gequatsche von ihrem Schmerz ablenken wollte. Stattdessen zog Paula nur Laras Kopf auf ihre Schulter und streichelte ihr über die Haare.

Die nächsten Tage war Lara wie in einer Blase gefangen. Sie fühlte sich wie ein Taucher unter Wasser. Gespräche, Musik, Lacher drangen nur gedämpft zu ihr durch. Wer mit Lara reden wollte, musste sie dreimal ansprechen. Sogar ihr Englischlehrer – dabei liebte Lara seinen Unterricht. Aber ihre Gedanken kreisten immer nur um die eine Frage: Warum habe ich so eine dämliche Bewerbung abgeschickt?

Ich bringe auch viiiiiiel Schokolade mit. Sicher reichte das Team der Chaos-WG ihren Brief als Witzblatt in den Drehpausen herum. Adam Groß lachte über sie. Ja, so musste es sein. Es war alles, alles schiefgelaufen.

Selbst mit Paula redete Lara nur das Nötigste. Schließlich hatte die ihr den blöden Text diktiert. Sozusagen.

Das Wochenende war grau und langweilig. Lara täuschte eine Grippe vor, um im Bett bleiben zu können. Als Paula zu Besuch kam, schloss Lara schnell die Augen und tat, als würde sie schlafen. Dummerweise flog Paula auf den Schwindel rein und verschwand wieder.

Als Lara am Montagmorgen von ihrer Mutter geweckt wurde, stöhnte sie, als würde ihr gerade eine Niere herausoperiert. Eine ganz so miese Schauspielerin war sie wohl doch nicht, denn ihre Mutter glaubte ihr und rief in der Schule an.

Lara durfte zu Hause bleiben. Als sie endlich allein war, legte sie ihre Lieblings-DVD ein. Die Folge, in der Jason mit Stella Schluss macht. Kurz vor dem Ende klingelte es allerdings an der Tür.

„Keiner da!“, fauchte Lara. „Es ist Montag, kurz nach neun – wer soll da aufmachen?“

Wer auch immer da vor der Tür stand, schien das anders zu sehen. Er ließ nicht locker und drückte immer wieder auf die Klingel.

Vielleicht ein Lehrer, der kontrollieren will, ob ich wirklich zu Hause bin?, durchzuckte es Lara.

Kimberley war einmal wegen angeblichem Fieber zu Hause geblieben, wurde dann aber von einem Lehrer im Café Cool in der Innenstadt erwischt. Seitdem waren sie etwas misstrauisch.

Lara sprang aus dem Bett, verwuschelte sich die Haare und hielt die Luft an, bis ihr Kopf ganz rot war. Dann drückte sie auf den Öffner.

Die Mühe hätte sie sich sparen können. Es war kein Lehrer, sondern nur der Postbote.

„Na endlich!“, brummte er missmutig.

„Können Sie die Sachen nicht in den Briefkasten werfen, wie sonst auch?“, wollte Lara motzen. Doch bevor sie einen Ton hervorbrachte, hielt ihr der Mann schon einen dicken braunen Umschlag unter die Nase.

„Einschreiben. Ich brauche eine Unterschrift.“ Er beugte sich über den Umschlag, als würde er zum ersten Mal im Leben Buchstaben sehen. „Bist du Lara?“

Lara schluckte ihren Ärger hinunter und nickte. Wer schickte ihr denn ein Einschreiben? Als sie den Absender sah, fiel ihr beinahe der Stift aus der Hand. In der Ecke war ein Logo, das Lara nur zu gut kannte. *Die Chaos-WG.* Zwei Jungs, zwei Mädchen im Chaos der Gefühle.

Wie in Trance kritzelte sie irgendetwas auf das Gerät, das der Postmann ihr hinhielt.

Der knurrte mürrisch und lief die Stufen wieder nach unten. Erst als die Haustür hinter ihm zufiel, realisierte Lara so richtig, was gerade passiert war. War das wirklich eine Antwort der Chaos-WG? Das zarte Jubeln in ihrer Kehle erstarb sofort wieder. Sicher schickten sie eine Absage und als kleinen Trost hatten sie ein Chaos-WG-Stirnband dazugelegt. Oder andere Ladenhüter aus ihrem Fanshop.

Lara ging in die Wohnung zurück. Der Umschlag war plötzlich schwer wie Blei. Auf keinen Fall würde sie den aufmachen.

Die Chaos-WG. Zwei Jungs, zwei Mädchen im Chaos der Gefühle.

Lara stieß laut die Luft aus. Wie hatte sie nur so naiv sein können, an eine Zusage zu glauben? Sie, Lara, dreizehn Jahre, sieben Monate und mittlerweile zehn Tage alt, als Schauspielerin zwischen all diesen Stars. Das waren Fantasien eines Kindergartenkindes, aber nicht die eines Mädchens in der achten Klasse! In dem Alter sollte man doch wohl etwas realistischer denken!

Lara warf den Umschlag in den Papierkorb unter ihrem Schreibtisch, sich selbst ins Bett und die Folge wieder an.

Adam Groß. Wortwörtlich in Großaufnahme. Sein betrübtes Gesicht brachte Lara völlig durcheinander.
„Ich mag dich sehr", sagte er zu Stella mit leicht übertriebenem Zittern in der Stimme. „Aber die Frau meines Lebens bist du leider nicht. Das weiß ich nun." Dann sah Jason direkt in die Kamera. „Das Mädchen meiner Träume ist irgendwo da draußen. Und auf das warte ich!"
Es dauerte nur den Bruchteil einer Sekunde, bis Lara unter den Schreibtisch gekrabbelt war und den Umschlag aufgerissen hatte. Und genau zwölfeinhalb Minuten später stürmte sie ins Klassenzimmer. Mitten in die Mathestunde.
„Nanu?", wunderte sich Doktor Knorz. „Bist du nicht krank?"

„Nein!", platzte Lara heraus. „Ich bin eingeladen!" Sie wedelte so lange mit dem Umschlag herum, bis wirklich alle das Logo gesehen hatten: *Die Chaos-WG*. Zwei Jungs, zwei Mädchen im Chaos der Gefühle.
Paula fiel ihr um den Hals. Und dann kam das Beste. Der schönste Moment in Laras ganzem Leben: Kimberley warf ihr einen Blick zu, der einen ausgewachsenen Büffel sofort zu Boden geworfen hätte. Giftpfeile flogen durch den Raum: Die ach so süße Kimberley hatte offensichtlich eine Absage bekommen!

Lara ist sich sicher: Sie muss proben, was das Zeug hält, damit sie die Rolle kriegt. Wenn du das auch so siehst, lies weiter auf Seite 41.

Paula glaubt fest daran: Lara soll beim Casting einfach ganz natürlich sein. Proben schadet da nur. Wenn du derselben Meinung bist, lies weiter auf Seite 81.

Hi, ich bin Jan

„Hoppla!", sagte eine nette Stimme. Lara war kopflos die Treppe hinuntergerannt. Weit war sie nicht gekommen. Sie war voll in einen Jungen hineingerasselt. Warum rempelte sie in letzter Zeit nur immer alle an. Erst Sam und jetzt …

Der Fremde lachte. „Du hast es aber eilig. Musst du schon zur Oscar-Verleihung?"

Er lächelte wieder. Aber nicht so ein fieses Lachen wie Kimberley eben. Und, ja, auch nicht so fies wie Adam Groß. Lara versuchte auch zu lächeln. Es gelang nicht ganz.

Der fremde Junge war blond mit wuscheligen Haaren, trug eine modische Brille mit dickem schwarzem Rand und eine Jeans, die an den Knien ein wenig aufgescheuert war. Lara schätzte ihn auf fünfzehn – und er sah echt gut aus.

„Ich bin Jan", sagte Jan und hielt ihr die Hand hin. „Kannst du auch sprechen?"

Lara wurde puterrot. Sie nahm die Hand und schüttelte sie. Als würde mir mein Lehrer zum Geburtstag gratulieren!, schoss es Lara durch den Kopf. Nicht gerade ein Gedanke, um die Röte im Gesicht wieder loszuwerden.
„Hi!", quetschte Lara irgendwie hervor. „Ich bin Lara, tut mir leid, dass ich dich umgerannt habe!"
Jan winkte ab. „Ich fand's gar nicht so schlimm." Er zwinkerte. „Ähm, sollen wir uns vielleicht woanders weiter unterhalten? Hier auf der Treppe ist's ja nicht so gemütlich. Und ich habe noch ein bisschen Zeit. Du auch?"
Lara sah sich um. Adam und Kimberley standen noch immer zusammen. Jedenfalls ihre Beine. Mehr konnte sie von der Treppe aus nicht mehr erkennen. Sie spürte einen Stich im Herzen. Es tat verdammt weh. Also nickte sie.
„Ja, gerne", sagte sie matt. „Aber ich bin nicht allein hier."
Jan grinste. „Habe ich mir gedacht. So ein Mädchen wie du ist natürlich längst vergeben."

Lara lächelte unsicher. Täuschte sie sich oder flirtete Jan gerade mit ihr? Und was sollte sie nun antworten? Dass sie keinen Freund hatte? Das klang dann ja sehr langweilig. So als wollte niemand mit ihr zu tun haben. Aber lügen wollte sie auch nicht, also entschied sie sich eben für eine indirekte Antwort.

„Nein, ich, ähm, kein Junge. Bin mit meiner Freundin hier."

Lara blickte sich um. Wo war Paula eigentlich? Lara entdeckte Paula an einem Limo-Automaten. Sie trat mit voller Wucht gegen die Kiste, aber anscheinend kam keine Flasche raus.

„Paula?", rief Lara ihr zu. Als Paula sich umdrehte, winkte Lara sie zu sich.

„Das ist meine allerbeste Freundin Paula", stellte Lara sie vor. Jan nahm ihre Hand und schüttelte sie. „Coole Locken hast du", sagte er. Dann deutete er grinsend auf den Automaten. „Aber nichts zu trinken, hm? Ich weiß, wo wir was richtig Gutes kriegen. Kommt!"

Er drehte sich um und federte Stufe für Stufe nach unten. Paula sah Lara mit ihren großen Augen an und zwinkerte. Lara guckte genervt an die Decke, musste aber lachen.

Zurück im zweiten Stock öffnete Jan eine der vielen Türen. Dahinter versteckte sich ein gemütlicher Raum. Das Licht war leicht gedämpft. Vier Sofas standen im Quadrat. Sie sahen aus wie vom Sperrmüll. Aber nicht alt und versifft, sondern in coolen Farben und Formen, wie man sie im Geschäft gar nicht mehr kaufen kann. Leere Flaschen standen herum, ein Korb mit frischem Obst und eine riesige Schale mit Schokolade.

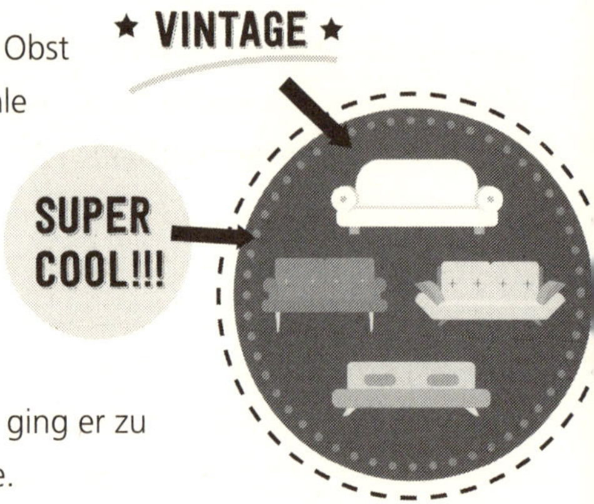

„Setzt euch“, bat Jan und machte eine Handbewegung, als wäre er hier der Hausherr. Pfeifend ging er zu einer Theke in der Ecke.

„Eistee?“

Paula und Lara nickten. Sie ließen sich auf ein rosa Samtsofa fallen. Es beulte sich fast bis zum Boden durch.

Jan kam mit drei Flaschen zurück und stellte zwei davon vor Paula und Lara auf den Tisch. Dann warf er sich lässig auf das Sofa daneben.

„Doof“, sagte er. „Oder?“

Paula und Lara verstanden nicht ganz. Hatte er etwa mitbekommen, wie Adam und Kimberley gelacht hatten?

„Was meinst du?“, hakte Paula nach.

„Na, zwei Freundinnen, aber nur eine Rolle wird vergeben“, erklärte Jan. „Eine von euch wird sicher enttäuscht werden.“

Paula nahm ihre Flasche. „Nein, Schauspielen ist nichts für mich. Ich tanze lieber.“ Sie stupste Lara an. „Aber Lara will die Rolle unbedingt. Sie hat fünf Tage lang geprobt.“

Lara wurde wieder rot. Musste Paula das jetzt sagen?
„Ach, eigentlich wollte ich wirklich mal bei der Chaos-WG mitspielen", sagte sie schüchtern. „Aber ich glaube, ich melde mich doch nicht an ..."
Jan schlurfte an seinem Eistee, runzelte aber trotzdem die Stirn. „Hey, das geht gar nicht!", antwortete er, nachdem er die Flasche wieder abgesetzt hatte. „Soweit ich weiß, haben sich über tausend Mädchen beworben. Wenn du eingeladen worden bist, darfst du die Chance nicht einfach wegschmeißen. Dann war doch alles umsonst! Die ganze Proberei!"
Jan knuffte Lara wie unter Kumpeln mit der Faust gegen die Schulter. „Du gehst da jetzt wieder hoch, meldest dich an und dann zeigst du allen, was du drauf hast, Amélie."
Lara seufzte. Wenn andere darüber sprachen, klang es immer so einfach. Zu Hause war sie ja auch noch voll überzeugt gewesen. Aber jetzt? Am liebsten wäre sie davongelaufen und hätte sich unter ihrer Bettdecke verkrochen. Bis Weihnachten. Weihnachten 2039. Andererseits wusste Lara, dass Jan Recht hatte. Wenn sie jetzt kniff, würde sie der verflossenen Chance bis an ihr Lebensende nachtrauern. Und welcher Enkel will schon eine ewig weinende Oma haben?

Lara seufzte noch einmal. „Was machst du eigentlich hier?", fiel ihr dann ein. Sie wusste ja noch überhaupt nichts über Jan. Nur, dass er sehr nett war und wusste, wo die Getränke stehen. „Bist du Aushilfe beim Catering?"

Jan nickte. „Ja, so ähnlich." Er stand auf und hielt Lara die Hand hin. „Komm, ich begleite dich zur Anmeldung." Er zwinkerte Paula zu. „Oder besser: Wenn wir zwei dich in die Mitte nehmen, kannst du nicht mehr wegrennen!"

Paula lachte. Lara wollte auch lachen. Aber so richtig gefiel ihr nicht, dass Jan auch mit Paula flirtete. Dann schüttelte sie den Kopf, als würde sie so den doofen Gedanken los. Sie war schließlich wegen Adam Groß hier. Ihrem Jason! Und wie sollte sie den ansprechen, wenn sie sich noch nicht mal traute, ein Blatt bei der Anmeldung auszufüllen?

Lara nahm die Hand und ließ sich von Jan hochziehen. „Du hast Recht. Ihr beide habt Recht. Wenn man das Glück vor Augen hat, muss man zupacken!"

Sie spürte, wie Jans Griff etwas fester wurde. „Richtig!", flüsterte er und sah Lara tief in die Augen. Etwas in ihrem Magen rührte sich. Etwas ganz Leichtes. Wie ein eingesperrter Schmetterling, der nach draußen wollte. Sie hatte eindeutig zu wenig gegessen.

„Moment noch", bat Lara und schnappte sich noch einen Schokoriegel aus der Schale. „Schokolade ist der beste Mutmacher der Welt!"

Jan schmunzelte. „Ich dachte, das wäre Paula?!"

Paula lachte.
Als Lara mit Paula und Jan durch die Gänge spazierte, spürte sie die Blicke der anderen Mädchen. Jan gefiel offensichtlich nicht nur Lara. Mit seiner positiven Ausstrahlung und dem immer freundlichen Gesicht war er wohl das, was man einen echten Hingucker nannte. Lara war ein bisschen stolz, dass Jan gerade mit ihr hier herlief. Und mit Paula.
Der Tisch für die Anmeldung stand vor einer großen Tür mit zwei Flügeln. Darüber leuchtete eine rote Lampe. RUHE, AUFNAHME.

Lara stutzte. Wurde da drin etwa gerade eine neue Folge der Chaos-WG gedreht?
Jan bemerkte ihren Blick. „Heute ist natürlich keine Aufnahme. Aber auch beim Casting tun sie so, als würden die Kameras rollen. Damit sie sehen, wen das nervös macht."

Lara und Paula nickten. In diesem Moment ging die Tür auf. Ein Mädchen mit hochrotem Kopf kam heraus. Nach zwei Schritten hatte sie den Kampf gegen ihre Tränen verloren.
„Scheiße!", fluchte sie leise. „Ich hab's verbockt!"
Ein Frosch machte es sich in Laras Hals bequem. Sollte sie sich so eine Abfuhr wirklich geben?
„Ich glaube, ich gehe doch bess…"
Aber Jan hatte ihre Hand schon gepackt und zog sie zur Anmeldung.
„Hallo, Jan", grüßte die Frau, die hinter dem großen Tisch saß. Sie hatte eine pinke Strähne im Haar. „Wen bringst du uns denn?"
Sie sah auf die Uhr. Lara biss die Zähne zusammen. Hoffentlich war die Anmeldefrist schon vorbei!
Aber leider sagte sie nichts.
„Das ist Lara", stellte Jan vor. „Sie ist die neue Amélie."
Die Frau musterte Lara. Lara wurde rot, machte aber einen Knicks und legte ihre Einladung auf den Tisch. Sie war ziemlich zerknittert.
Die Frau durchwühlte einen Stapel Papiere. Endlich hatte sie gefunden, was sie suchte. Lara erkannte ihre Bewerbung.
„Ah, das Mädchen, das viel Schokolade mitbringen wollte!"
Lara wäre am liebsten im Boden versunken. „Mann, ist das peinlich …", zischte sie Paula zu.
Doch die pinke Lady stand auf und gab ihr die Hand. „Freut mich, Lara. Das war der witzigste Brief, den wir bekommen

haben. Und frischen Wind suchen wir ja auch für die Chaos-WG." Sie schob Lara ein Formular und einen Stift zu. „Unterschreib bitte hier, dass wir Probeaufnahmen von dir machen dürfen. Falls wir dich wirklich nehmen, gibt's natürlich noch einen richtigen Vertrag. Dich könnte ich mir als Amélie wirklich gut vorstellen."

Sie beugte sich zu Lara, Jan und Paula vor und flüsterte: „Ihr glaubt ja gar nicht, was hier schon für langweilige Tussis aufgetaucht sind. Da schlafen unsere Zuschauer ja ein." Sie durchwühlte den Stapel noch einmal und zog ein Foto heraus.

„Die Bewerbung hier war aber auch klasse", lobte die Frau. „Nur ein Foto und hinten drauf die Handynummer. Zeugt von viel Selbstbewusstsein. Und das kann beim Fernsehen nicht schaden, stimmt's, Jan?"

Lara hatte den letzten Satz kaum verstanden. Sie starrte das Foto an. Es war Kimberley. Ausgerechnet! Hoffentlich entdeckte Jan das nicht. Hach, warum dachte sie das jetzt? Konnte es ihr nicht egal sein, was Jan machte? Sie war doch wegen Adam hier. Wegen der Rolle.

„Jop!", sagte Jan. „Habt ihr nicht auch noch einen Job für Paula? Sie tanzt Weltklasse." Er pikste Paula mit dem Finger in die Seite. Paula kicherte. Aber irgendwie künstlich. Lara zerbrach fast den Kuli in ihrer Hand. Was sollte das? *Sie* hatte Jan kennengelernt. Musste Paula sich gleich so plump an ihn ranmachen? Lara zögerte zu unterschreiben. Wenn sie jetzt da reinging, würde sie immer nur an Jan und Paula denken können. Wie Paula mit ihm herumschäkerte. Hatte Paula sie nur deswegen begleitet, um hier einen der coolen Jungs vom Film kennenzulernen? Eine unbekannte Wut stieg in ihr auf.

Lara versucht den Ärger hinunterzuschlucken und unterschreibt. Wenn auch du denkst, dass sie direkt zu den Probeaufnahmen gehen sollte, lies weiter auf Seite 55.

Nein, zuerst muss Lara die Sache mit Paula klären. Wenn du das für die richtige Entscheidung hältst, lies weiter auf Seite 49.

Amélie

Noch am selben Nachmittag legten sie los. Obwohl Paula fand, dass Lara das nicht nötig hatte, half sie ihrer besten Freundin natürlich beim Proben. Mit Rat und Tat. In dem dicken braunen Umschlag waren nicht nur ein Brief und fünf Chaos-WG-Aufkleber gewesen, sondern auch ein Drehbuch. Fünfzig Seiten. Für Folge 546.

Die Rolle, für die die neue Schauspielerin gesucht wurde, war nicht ganz einfach, fand Lara. Sie sollte eine Austauschschülerin sein, an die die vier Bewohner aus Geldnot für eine Woche ein Zimmer in der Chaos-WG vermieteten. Die Figur hieß Amélie und sollte aus Frankreich nach Deutschland kommen.

Laut Drehbuch nutzte Amélie diese Woche, um sich ein eigenes Zimmer zu suchen und dann im kommenden Schuljahr fest nach Deutschland zu ziehen. Nach fünf Tagen zog sie wieder aus und sollte nie wieder in der Serie auftauchen.

Lara stand mitten im Zimmer und blätterte das Drehbuch zum hundertsten Mal durch.

„Keine einzige Liebesszene mit Jason!", seufzte sie enttäuscht.

Paula rollte mit den Augen. „Klar, geh am besten rein in die WG und sag: Olala main klaines 'oppel'äschen. Wir mussen kussen, gaaans sofort. Oui?"

Sie schmatzte zehnmal in die Luft.

Lara prustete los. Der Akzent klang verdammt echt! Sie hatten einmal einen Franzosen in der Parallelklasse gehabt. Der hatte genauso gesprochen.

„Wahnsinn!", presste Lara hervor, als sie wieder Luft bekam. „Vielleicht solltest doch du dich bewerben!"

Paula winkte ab. „Oh, nonono, du pütziges Schnuffelschään. Dieses Rolle ist für disch!"

Lara krümmte sich vor Lachen und ließ ihren Kopf in Paulas Schoß fallen. Paula strich ihr übers Haar.

„Du schaffst das", sagte Paula in ihrer normalen Stimme. „Wenn man sich etwas ganz fest vornimmt, dann klappt das auch. Du darfst nur keinen einzigen Gedanken daran verschwenden, es nicht zu schaffen."

Lara setzte sich auf. „Keinen einzigen?"

Paula schüttelte ihre Lockenmähne. „No! Nischt ainen ainziggäään!“ Sie gab Lara einen Stups. „Und jetzt wird geprobt“, forderte sie ihre Freundin auf. „Du wolltest es so. Her mit dem Text.“

Paula grapschte nach dem Drehbuch.

„Wir beginnen mit Szene 3 – Amélie stellt sich vor“, kommandierte sie wie eine echte Regisseurin. „Amélie, bitte!“

Lara wollte gleich losplappern, was sie bisher auswendig gelernt hatte. Aber Paula schickte sie erst mal aus dem Zimmer. „Du klingelst, wie es hier steht. Dann kommt Stella und macht dir auf. Und auf dem Sofa erwartet dich der Rest der Chaos-WG.“

Paula zog Laras Knuddelschlumpf unter dem Kopfkissen hervor und lehnte ihn an die Wand. „Jason!“, bestimmte sie. Daneben setzte sie Laras Stoffhasen und den Mops. „Robin und Betsy!“

Lara musste schon wieder lachen. „Jason hat aber seit Neuestem eine sehr blaue Nase. Aber sonst ist er süß wie immer.“

Paula wies streng auf die Tür. „Auftritt Amélie!“

Gehorsam ging Lara nach draußen. Im Flur wurde ihr plötzlich ganz flau im Magen. Sie stellte sich vor, dass sie wirklich bald bei der Chaos-WG klingeln würde. In das unaufgeräumte Wohnzimmer treten, das sie schon 502 Folgen lang bewundert hatte. Und bei dessen Anblick sie immer gehofft hatte, Adam Groß als Jason würde jeden Moment aus seinem Zimmer kommen und sie anlächeln. Lara musste schlucken.

Gleich stand sie ihrem großen Schwarm gegenüber. Dem Jungen, der mit Stella Schluss gemacht hatte, um sie – Lara – zu treffen!

„Hö-öm!", räusperte sie Paula drinnen. „Wir wären dann so weit. Jason muss sich bald wieder rasieren, wenn wir noch länger warten …"

Lara nickte, obwohl Paula ja schlecht durch Türen gucken konnte. Sie räusperte sich. Einmal, zweimal, aber der Kloß in ihrem Hals wollte nicht verschwinden.

Lara atmete tief durch. Wenn ihr schon die Probe so schwerfiel, wie sollte das dann erst in echt werden? Lara ließ die Schultern hängen. Was hatte sie sich da bloß eingebildet? Sie konnte doch unmöglich …

„Keinen einzigen Gedanken!", dröhnte Paulas Stimme durch die Wohnung. Vielleicht konnte sie ja doch durch Türen sehen?

Lara ballte die Hand zur Faust und klopfte.

„Klingelingeling!", antwortete Paula von innen. „Das muss Amélie sein!"

Lara musste soooo lachen. Sie lachte so doll, dass sich der Kloß in ihrem Hals in Luft auflöste. *Klingelingeling!* – Paula war einfach die Beste.

Die Tür öffnete sich. Paula – also Stella – stand da, um die neue Mitbewohnerin zu begrüßen.

„Hi, ich bin Stella!", las Paula vom Drehbuch ab. „Und du musst Amélie sein. Komm rein, wir sind alle da!"

Lara – also Amélie – nickte. Dann trat sie schüchtern ein. Sie ging ein paar Schritte und hatte den Kopf gesenkt. Dann tat Lara so, als würde sie ihr Zimmer zum ersten Mal sehen. Sie versuchte ein Lächeln.

„Ihr habt es aber echt schön hier!“, lobte sie. „Da werde ich mich sicher wohlfühlen.“ Lara zog einen Finger über die Kommode und blies Staub weg, der natürlich gar nicht da war. „Nur ein bisschen mehr putzen solltet ihr!“

Paula nahm den Schlumpf und beugte ihn zum Hasen rüber. „Das fängt ja heiter an“, flüsterte der Schlumpf – also Jason.

Der Hase – Robin – schüttelte sich. „Sei still! Wir brauchen das Geld! Oder willst du für den Rest deines Lebens kalt duschen?“

Lara trat vor die beiden. „Kalt duschen? Habe ich das gerade richtig verstanden? Dann kürze ich die Miete aber um zwanzig Euro!“

Hase und Schlumpf sahen sich an. „Mist!“

Paula grinste. „Okay, bis hier.“ Sie lehnte sich auf dem Bett zurück. „Schon nicht schlecht“, lobte sie. „Der Text sitzt super. Aber du wirkst irgendwie noch ein bisschen verkrampft. Ünd daine Akzent 'öre isch noch nischt!“

Lara boxte Paula in die Seite.

Und so ging es weiter. Montag, Dienstag, Mittwoch, Donnerstag und Freitag probten die beiden so lange, bis Lara jede Zeile vor und zurück aufsagen konnte. Jeder Wimpernschlag saß, jede Handbewegung war einstudiert. Lara war Amélie, Amélie war Lara. Nur mit dem Akzent hatte sie nach wie vor Mühe. Es klang einfach nicht so flott wie bei Paula.

Samstag war es dann so weit. Tag X. Casting-Tag. Lara war schon um sechs Uhr aus dem Bett gesprungen, um sich ihre Kleidung zurechtzulegen. Also neue, nicht die, die sie schon am Vorabend rausgelegt hatte. Und auch nicht die, die sie am Vornachmittag ausgesucht hatte. Das perfekte Outfit eben. Améliekleidung. Jason-Auffall-Kleidung. Jason-aus-dem-Häuschen-Kleidung.

Nach zwei Stunden hatte Lara sich entschieden. Sie zog ihre Jeans an und ein T-Shirt, auf dem gerade ein Feuerwerk explodierte. Darüber eine Weste mit Sternen drauf. Dreimal drehte sie sich vor dem Spiegel und fand sich immer noch toll.

Das Gefühl verschwand allerdings sofort, als Lara das Fernsehstudio betrat. Alles war voller Mädchen! Mindestens hundert. Und alle waren viel hübscher, witziger und klüger als sie. Niemand von denen hatte so olle Kleidung und roch nach einer halben Stunde Fahrradfahren.

Lara fasste nach Paulas Arm. „Ich hau wieder ab!“, zischte sie. „Das wird nie was!“

Paula nahm in aller Ruhe ihren Helm ab. „Keinen einzigen

Gedanken ans Scheitern verschwenden!", mahnte sie. „Du schaffst es, aber du musst daran glauben!"
Dann fasste sie Laras Hand und zog sie einfach mit sich. Drei Treppen nach oben, immer dem Pfeil ANMELDUNG CASTING hinterher. Doch als sie die Theke erreichten, an der sie ihre Unterlagen abgeben sollten, riss Lara sich los.

Am Ende des Ganges stand Adam Groß. Und er schäkerte mit Kimberley! Sie war also doch eingeladen worden!
„Tschüss, mir reicht's!", schimpfte Lara resolut.
In diesem Moment sahen die beiden sie an. Adam und Kimbie. Kimbie beugte sich zu Adam hinüber und tuschelte ihm etwas ins Ohr. Adam lachte. Er lachte sie aus, da war sich Lara ganz sicher.
„Nein, du bleibst hier!", herrschte Paula sie an. „Und du gehst da jetzt hin und stellst dich vor!"

„Nein!" Lara will sich losreißen und die Treppe wieder hinunterrennen. Wenn du ihr zustimmst, lies weiter auf Seite 31.

„Ooooo–kaaaay!", schnaubt Lara. Soll sich Lara Paulas Anweisung fügen? Dann lies weiter auf Seite 74.

„Moment noch“, sagte Lara und legte den Kuli wieder auf den Tisch. Sie musste sich arg zusammenreißen, um nicht zu platzen. Hinter sich hörte sie Paula giggeln. Jan stand ganz dicht bei ihrer Freundin und flüsterte ihr was ins Ohr. Paula lachte wieder so künstlich.
Lara ging zu ihr und zog sie von Jan weg. „Kommst du BITTE mal mit!“, knurrte sie wie ein Kampfhund.
„Aua!“, beschwerte sich Paula. „Was ist denn in dich gefahren?“
Statt einer Antwort schleppte Lara sie weiter hinter sich her. Schlängelte sich durch einen Trupp Mädchen hindurch, die gerade ihren Text lernten. An einer Tür stand GARDEROBE. Lara drückte die Klinke. Sie ging auf. Lara knallte die Tür hinter ihnen zu.

„Sag mal, was soll das?", herrschte sie Paula an. „Kommst du dir nicht billig vor?"

Paula sah sie ratlos an. „Spinnst du?"

„Ich bin hier, um eine Rolle in der Chaos-WG zu kriegen", schimpfte Lara weiter. „Meinst du, das geht gut, wenn du dich hinter meinem Rücken an Jan ranschmeißt?"

Paula blieb der Mund offen stehen. Erst nach ein paar Sekunden hatte sie sich wieder gefasst.

„Ranschmeißen? Ich?" Sie lachte hysterisch. „Du hast ja einen Knall! Ich unterhalte mich ganz normal mit ihm. Er ist nett, ja!" Paula schüttelte den Kopf. „Außerdem darf ich mich ranschmeißen, an wen ich will. Du bist ja wegen Jason hier, ach nein, Adam Groß, wollte ich sagen. Du kannst ja nicht zwischen Film und echtem Leben unterscheiden!"

Jetzt war es Lara, der die Luft wegblieb. Sie hatte sich doch nur mit Paula aussprechen wollen. Wieso lief denn jetzt alles so schief?

„Ich wollte doch nur ..."

„Genau!", polterte Paula weiter. „Du, du, du! Immer nur du! Was mit mir ist, ist dir völlig egal. Ich darf wie ein Hündchen mit dir hierherkommen. Aber ich muss auch artig Sitz machen, wenn Frauchen sich mit einem Jungen unterhalten will."

Lara schluckte. Ein bisschen hatte Paula ja Recht. Sie hatte ihre beste Freundin wirklich die ganze Woche ziemlich eingespannt. Proben, Text abhören, Mut machen. Für all das war

Paula in jeder freien Minute da gewesen. Aber waren Freundinnen nicht genau dafür da? Wenn Paula nach der Aktion hier überhaupt noch ihre Freundin sein wollte …

„Tut mir leid", flüsterte Lara. Sie sah, dass Paula Tränen in den Augen hatte. Das machte Lara noch trauriger. Es versetzte ihr einen richtigen Stich ins Herz. Auch bei ihr liefen die Tränen nun los.

„Paula!", flüsterte sie und griff nach Paulas Hand. „Ich wollte dich nicht so anfauchen. Ich bin nur völlig durcheinander. Dieses Casting macht mich echt fertig."

Sie ging einen Schritt auf Paula zu und legte ihr die Arme um den Hals. Wenn sie mich jetzt wegstößt, dachte Lara, dann ist unsere Freundschaft für immer vorbei.

Doch Paula stieß nicht, Paula wehrte sich auch nicht. Paula legte ihre Arme ebenfalls um Lara und presste ihren Kopf an ihre Schulter.

„Ich war auch blöd", sagte Paula leise. „Und ein bisschen eifersüchtig. Daher habe ich Jans Komplimente sehr genossen. Aber rangeschmissen …"

Lara musste gleichzeitig lachen und weinen. „Was ist das überhaupt für ein Wort: ranschmeißen? Ich glaube, so was haben meine Großeltern in ihrer Jugend gesagt."

Jetzt lachte auch Paula. Sie sah Lara an und wischte sich die Tränen ab.

„Geh jetzt da rein und zeig's ihnen!", schniefte Paula. „Rock das Haus!"
Lara überlegte nur kurz. Dann schüttelte sie den Kopf. „Nein, ich gehe jetzt nach Hause. Mit dir. Diese ganze Fernsehsache war wirklich eine blöde Idee." Sie ging zu dem Schminkspiegel an der Wand und nahm die Packung Papiertücher. Sie brauchte drei Stück, bis ihr Gesicht wieder halbwegs trocken war.
„Was wirklich wichtig ist im Leben, das habe ich gerade erfahren", fuhr Lara mit brüchiger Stimme fort. „Dass du meine Freundin bist. Ins Fernsehen muss ich nicht. Und Adam Groß …" Sie machte eine Pause, weil die nächsten Worte wirklich schwer auszusprechen waren. „Adam Groß ist ein eingebildeter Fatzke. Zu Kimbie passt er vielleicht. Aber zu mir nicht. Außerdem will ich meinen Freund nicht schon jahrelang angehimmelt haben, bevor ich ihn dann treffe. Ich müsste einfach so in ihn reinrennen, so wie in …"
Lara stockte. Sie dachte an Jan. Aber auch an Sam, dem sie in der letzten Woche regelrecht in die Arme gestolpert war.
„Komm!", sagte Lara noch einmal. „Wir gehen in die Eisdiele und teilen uns einen Riesen-Erdbeer-Becher."
Paula putzte sich die Nase. Sie sah so süß aus, dass Lara sie gleich noch einmal in den Arm nehmen musste.
„Bist du sicher?", fragte Paula zaghaft. „Die Rolle war doch dein großer Traum!"
Lara schüttelte den Kopf. „Nein. Mein großer Traum war

es, mit Adam zusammenzukommen. Aber das war echt kindisch."

Lara öffnete die Tür. Ein Jubeln schallte durch den Gang. Kimberley stürmte aus dem Studio.

„Ich hab die Rolle!", schleuderte sie jedem ins Gesicht, der es nicht hören wollte. „Ich bin Amélie!"

Laras Herz machte einen nervösen Sprung. Aber es tat nur kurz weh. Dann entspannte sie sich. Zum ersten Mal seit einer Woche.

„Das passt!", sagte sie mit fester Stimme. „Kimberley gehört hierher. Aber ich nicht."

Kimberley drehte eine Pirouette wie eine Ballerina in *Schwanensee*. „Ich war einfach großartig!" Mitten in der zweiten Drehung rempelte sie einen Jungen an.

„Hoppla!", sagte Jan und lachte. „Du hast es aber eilig. Musst du schon zur Oscar-Verleihung?"

Kimberley reckte die Arme in die Luft. „Ja!", jubelte sie. „Bis dahin ist's nicht mehr weit!"

Paula und Lara schüttelten nur den Kopf.

„Da hast du's", seufzte Lara. „Auch nur 'ne Masche. So quatscht der jede an."

Paula stupste Lara an. „Und du bist drauf reingefallen!"

Lara brummte und machte ein Gesicht wie ein Bär. „Was, ich?", polterte sie los. „Du hast dich doch an ihn rangeschmissen!"

Beide Freundinnen brachen in lautes Gelächter aus. Dann

rannten sie an Jan und Kimbie vorbei, sprangen die drei Treppen nach unten und schwangen sich auf die Fahrräder.
Das Eis im Venezia war echt das Beste der ganzen Stadt. Und Nino, der Sohn des Besitzers, war ziemlich süß …

Ende

Lara versuchte, sich auf den Zettel vor sich zu konzentrieren. PROBEAUFNAHMEN. Aber das Kichern von Paula dröhnte ihr durch den Kopf wie eine Kreissäge. Sie musste schlucken. Warum machte Paula das?

Lara wirbelte wie ein Orkan herum und wollte lospoltern. Doch bevor auch nur ein Wort ihren Mund verlassen konnte, schluckte sie alle wieder hinunter. Paula war so süß, wie sie Jan da anstrahlte. Außerdem war sie ihre beste Freundin. Warum durfte sie sich nicht auch mit ihm unterhalten? Und ein bisschen flirten?

„Wir reden gleich weiter", hörte sie Paula sagen. „Jetzt muss ich erst mal meine beste Freundin unterstützen."

Lara fiel ein Stein vom Herzen. Beinahe hätte sie eine große Dummheit gemacht!

Paula stand neben ihr und knuffte Lara den Ellenbogen

in die Rippen. „Nun mach schon!", spornte sie Lara an. „Du verkaufst nicht deine Seele. Du nimmst an der großen Verlosung teil!"

Die Frau mit der pinken Strähne lachte. „Und der Jackpot ist noch nicht gezogen", verriet sie. „Die Mädchen bisher haben uns noch nicht überzeugt."

Lara spürte ihr Herz bis zum Hals schlagen, während sie den Anmeldebogen ausfüllte. Sollte sie das wirklich machen?

Doch bevor sie es sich anders überlegen konnte, hatte ihr die Frau den ausgefüllten Zettel schon weggezogen. Sie sah auf die Uhr. „Du bist als Übernächste dran. So in etwa zwanzig Minuten. Setzt euch einfach irgendwo hin."

Lara nickte. „Jan, weißt du …"

Sie blickte sich um. Aber Jan war verschwunden. „Wo ist er denn?", wunderte sich Lara.

Die Frau lachte. „Der ist nicht nur hier, um sich mit hübschen Mädchen zu unterhalten. Ab und zu muss er auch mal ein bisschen arbeiten."

Lara nickte. Ein bisschen enttäuscht war sie schon. Warum hatte Jan sich nicht verabschiedet? Aber sie war ja auch beschäftigt gewesen. Sicher hatte er Lara nicht stören wollen.

Paula hatte schon zwei gepolsterte Stühle in der Nähe der Studiotür erobert. Eben hatten hier noch eine nervöse Mutter und ein Vater gesessen, der alle zwei Sekunden auf die Uhr sah. Nun dackelten sie mit ihrer heulenden Tochter den Gang hinunter.

„Wir sind trotzdem stolz auf dich", sagte die Mutter.

Das Geschluchze machte Lara nicht gerade Mut.

„Ich weiß schon, warum ich meinen Eltern nichts von dem Casting erzählt habe", zischelte sie Paula zu. „Wenn die hier hocken würden, brächte ich kein einziges Wort raus. Egal ob mit oder ohne Akzent."

Paula legte ihr die Hand auf den Arm. „Und was ist mit mir?"

Lara lehnte sich an. „Du bist meine beste Freundin. Du gibst mir Sicherheit."

Dann sagten sie achtzehn Minuten lang nichts mehr. Bis ein weiteres Mädchen aus dem Studio stampfte und eine weitere Hoffnung zerbrochen war.

Die Frau mit der pinken Strähne sortierte einen Zettel von links nach rechts. Das waren wohl die Absagen.

Dann nickte sie Lara zu. „Du bist dran", sagte sie lächelnd. „Gib dein Bestes. Denk an den Jackpot!"

Sie zwinkerte Lara aufmunternd zu. Lara nickte zurück und stand auf.

„Bis gleich, meine Süße", verabschiedete sich Paula. Doch als Lara alleine auf die Studiotür zuging, sah die Frau auf.

„Was ist mit deiner Freundin?", wollte sie wissen. „Will die nicht mit?"
Paula war ganz verdattert. „Ich? Darf ich denn?"
Die Frau schob sich die pinke Strähne aus der Stirn. „Eltern sollen nicht dabei sein, die wollen der Regisseurin immer erklären, wie sie ihre Arbeit besser machen kann. Aber Freundinnen können wir am Set gut gebrauchen."
Paula strahlte wie der große Weihnachtsbaum auf dem Marktplatz im Advent. Leicht wie eine Feder im Wind wehte sie zu Lara und fasste ihre Hand. Sie drückte zweimal ganz leicht.

„Los!", flüsterte sie. „Sei Amélie!"
Lara nickte. Aber um sie herum wurde alles schwarz. Sie hatte schon viele aufregende Dinge in ihrem Leben gemacht. Eine wilde Floßtour durch eine Schlucht in Frankreich, Schummeln bei der Mathearbeit kurz vor den Zeugnissen und natürlich ihr Auftritt als Baum in der *Hänsel und Gretel*-Aufführung im Kindergarten. Doch gegen das hier war das alles nur ein Hundefurz gewesen. Jetzt ging es um ihr Leben. Um die Aufmerksamkeit ihres großen Schwarms. Wenn sie die Klinke in ihrer Hand hinunterdrückte, würde

sie ihm gegenüberstehen. Jason, von dem sie siebenundzwanzig Poster im Zimmer hängen hatte.

„Los!", hörte sie Paula irgendwo kilometerweit entfernt sagen. Sie spürte die Klinke in der Hand. Einen Moment lang wollte sie fliehen. Warum sich so quälen?, schoss es Lara durch den Kopf. Warum sich lächerlich machen? Warum sollten die Regisseurin und die Schauspieler ausgerechnet sie auswählen?

Dann aber fühlte Lara wieder Paulas Hand in ihrer. Das gab ihr Kraft und Mut. So sollte es auch sein, wenn sie ihren ersten Freund hatte. Ein Junge, dem sie voll und ganz vertrauen konnte. Und der ihr Herz so zum Schlagen brachte, als würde sie im nächsten Augenblick vor laufenden Fernsehkameras französische Sätze sagen müssen. Lara streckte sich. Keinen Gedanken daran verschwenden zu scheitern! Sie drückte die Klinke hinunter und trat ein.

Grelles Scheinwerferlicht schlug Lara und Paula entgegen. Lara hielt sich eine Hand vor die Augen und ging vorsichtig weiter. Schemenhaft erkannte sie drei Menschen in Stühlen. Dahinter eine Kamera. Und natürlich den Scheinwerfer, der direkt auf die Tür gerichtet war.

„Hallo, wer von euch ist Lara?", hörten sie eine weibliche Stimme fragen.

Lara hob zaghaft die Hand. Sofort schämte sie sich. Schließlich waren sie hier nicht in der Schule.

Sie ging näher. Nach drei Schritten waren sie aus dem Lichtkegel des Scheinwerfers. Jetzt konnte Lara alles erkennen. Sie standen mitten im Wohnzimmer der Chaos-WG. Da war das Sofa, auf dem Robin immer herumlungerte und Comics las. Dort der große amerikanische Kühlschrank, in dem Stella ihre Schminke lagerte. Und dahinten die Tür zu Jasons Zimmer. Auf der anderen Seite allerdings, da wo eigentlich eine Wand sein müsste, war nichts. Jedenfalls keine Mauer. Hier standen insgesamt drei Kameras, Mikrofone an Ständern und jede Menge Tische mit Schlepptops. Außerdem lagen so viele Kabel rum, dass sie mindestens einmal um den Erdball reichen mussten.

Davor waren insgesamt fünf Stühle, drei von ihnen besetzt. Von zwei Frauen und einem Mann mit grauem Bart.

Die Frau in der Mitte sah sich einen Zettel an. Lara wusste sofort, dass es eine Kopie ihres Bewerbungsschreibens war.

„Freut mich, dass du verrückt nach Schokolade bist", sagte sie schmunzelnd. „Hast du denn auch schon auf einer Bühne gestanden und Theater gespielt?"

Lara nickte. Das war nicht gelogen. Sie war der Baum neben dem Hexenhaus gewesen …

„Ich bin übrigens Mareike Simonsen", stellte sich die Frau

vor. „Die Produzentin. Ich muss dafür sorgen, dass wir unser Geld vernünftig ausgeben." Sie zeigte nach links. „Das sind die Regisseurin Sabine Hansen und unser Chefautor, Günther Madré."

Lara nickte wieder. Die Namen hatte sie schon tausendmal gelesen. In jedem Abspann der Chaos-WG waren die drei aufgeführt. Es waren ohne Zweifel die wichtigsten Menschen hinter den Kulissen der Serie. Aber im Moment sahen sie nicht so aus, als würde ihnen das Casting Spaß machen. Die Regisseurin blätterte in einer Zeitschrift. Der Autor las lustlos irgendwelche Nachrichten auf seinem Handy. Nur als ihre Namen fielen, sahen sie Lara kurz an.

„Okay", begann Mareike Simonsen wieder. „Hast du die Texte drauf, die wir dir zugeschickt haben?"

Lara trippelte nervös von einem Bein auf das andere. „Klar."

„Gut, dann starten wir sofort mit Szene 3", beschloss die Produzentin.

Lara nickte. „Amélie stellt sich vor", sagte sie wie aus der Pistole geschossen.

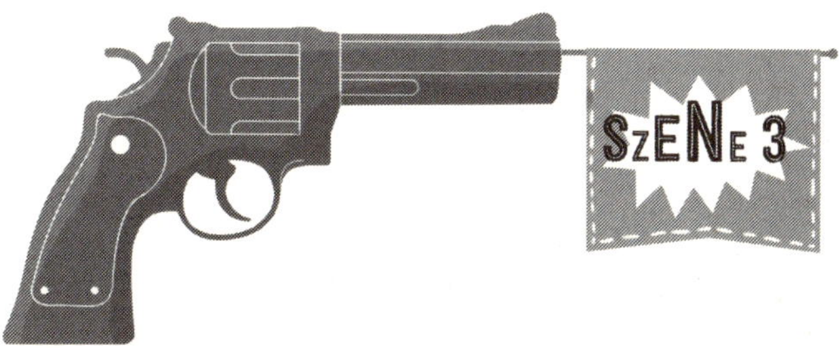

Mareike Simonsen hob eine Augenbraue. „Sehr gut, ich sehe, du hast dich wirklich mit dem Text beschäftigt. Dann geh mal vor die Tür."

Lara stutzte. „Aber was ist mit den anderen? Jason, Robin, Stella und Betsy sind doch noch gar nicht da."

Die Mundwinkel der Produzentin zuckten genervt. Wahrscheinlich hatte sie diese Frage heute schon achtzig Mal gehört.

„Die Stars kommen erst, wenn es ernst wird", erklärte sie mit leiernder Stimme. „Wenn die hundert Mal denselben Text sagen müssten, wären sie danach drei Wochen heiser."

Lara biss sich auf die Unterlippe. Klar, daran hatte sie gar nicht gedacht. Sie war ja nun nicht die Einzige hier. Warum sollten sich Adam Groß und die anderen Bewohner der Chaos-WG das komplette Casting antun? Hundert stammelnde, hypernervöse und am Ende heulende Mädchen?

Das Handy des Chefautors vibrierte. Er hielt es sich ans Ohr und verließ das Set. Auch er hatte wohl keine große Lust, noch einen weiteren Flop zu sehen.

Lara atmete tief durch. Jetzt war sie hier und jetzt würde sie die Sache durchziehen. Es wenigstens versuchen. Ihren Text aufsagen und dann wie von einer Zentnerlast befreit nach Hause gehen. Und wenn sie am Montag die nächste Folge der Chaos-WG im Fernsehen sahen, dann würden Paula und sie sich schlapplachen, dass sie zwei einmal dort in den Kulissen gestanden hatten.

Mareike Simonsen räusperte sich. „Worauf wartest du noch, Lara?"

Lara holte tief Luft. „Wer spricht denn dann die Texte von Jason und so?"
Die Produzentin hob das Drehbuch hoch und wedelte ein bisschen damit. „Das mache ich. Alle vier. Solange meine Stimme das noch mitmacht."
Jetzt machte Paula einen Schritt nach vorne. „Kann ich das nicht übernehmen?", fragte sie keck. „Dann schonen Sie Ihre Stimme und können sich ganz aufs Zuschauen konzentrieren."
Mareike Simonsen sah die Regisseurin an. Die nickte kurz. „In Ordnung. Hier ist das Drehbuch!" Sie hielt es Paula hin, doch die winkte ab.
„Nicht nötig, ich kann's auswendig." Ganz selbstverständlich ging sie zum großen Kühlschrank, öffnete ihn und nahm

ein Töpfchen Schminke in die Hand: Stella, kurz bevor es klingelte! – So stand es im Drehbuch.
Lara wollte zur Wohnungstür. Doch sie ging erst zur falschen Seite, weil in ihrem eigenen Zimmer die Tür links vom Bett war. Und darauf hatten ja Schlumpf, Hase und Mops gesessen. Lara konnte nicht anders. Trotz des ganzen Stresses musste sie grinsen. Sie ging durch die Tür und schloss sie. Dahinter war alles Mögliche, nur kein Treppenhaus wie in der Serie. Außerdem konnte man die Ständer sehen, mit denen die Wände der WG gehalten wurden. Alles nur Kulisse, dachte Lara. Eine Scheinwelt. Und du tust nun so, als ob du dazugehörst!
„Wir können!", hörte sie Mareike Simonsen rufen. Lara suchte die Klingel, aber es gab keine. In der Serie spielten sie solche Geräusche wohl nachträglich mit dem Computer ein.
„Klingelingeling", rief Paula. Und dann: „Das muss Amélie sein!"
Lara hätte fast einen Lachanfall bekommen. 😎 Paula war so cool! Ohne ihre beste Freundin wäre sie niemals hier. Dann sorg jetzt auch dafür, dass es sich auszahlt!, spornte sich Lara selbst an. Schnapp dir die Rolle!
Sie hörte Schritte. Die Tür wurde aufgerissen.
„Hi, ich bin Stella!", sagte Paula ganz locker. „Und du musst Amélie sein. Komm rein, wir sind alle da!"
Lara trat schüchtern ein. Sie versuchte, alles genau so zu machen wie bei den Proben zu Hause. Sie versuchte, eine

andere Person zu sein. Amélie. Wie fühlte die sich, wenn sie zum ersten Mal die fremde Wohnung betrat, in der sie eine Woche leben sollte?

Lara sah sich kurz um, dann schüttelte sie Stellas Hand. Also, Paulas. Aber Lara sah wirklich Stella vor sich.

Sie lächelte schüchtern. „Ihr 'abt es abääär escht schön 'ier!", lobte sie. „Da werde isch misch sischääär wohlfühlen." Lara zog einen Finger über die Kommode und blies Staub weg, der natürlich gar nicht da war. „Nur ein bisschöön mehr putzöön solltet ihr!"

Paula lief zum Sofa – jetzt war sie Jason. „Das fängt ja heiter an", flüsterte sie zu Robin, der gar nicht da war.

„Sei still! Wir brauchen das Geld! Oder willst du für den Rest deines Lebens kalt duschen?"

Lara trat vor die beiden. „Kalt duschen? 'abe isch das gerade rischtisch verstandööön? Dann kürze isch die Miete aber üm swansiisch Euro!"

Paula verzog das Gesicht. „Mist!"

Lara wollte noch den nächsten Satz sagen, aber lautes Gelächter unterbrach sie. Es kam von Günther Madré, dem Chefautor, der wieder am Set aufgetaucht war.

„Sauwitzig!", rief er dazwischen und sah zu seinen Kolleginnen. „Was meint ihr?"

Lara und Paula sahen zu den Stühlen hinüber. Auch Sabine Hansen, die Regisseurin, hatte ihre Zeitschrift auf den Boden geworfen und applaudierte. Mareike Simonsen strahlte.

„Wow, super!“, lobte sie. „Endlich sehen wir mal jemanden mit Talent! – Und damit meine ich euch beide!“

Paula wurde rot. „Mich auch?“

Die Produzentin nickte. „Ja, du hast mir auch super gefallen. So locker und witzig.“ Sie beugte sich zum Chefautor hinüber und tuschelte. Der nickte und nickte.

„Wir überlegen gerade, ob wir für dich nicht auch noch eine Rolle haben. Kannst du tanzen?“

Paula strahlte über beide Ohren.

„Soll das ein Witz sein?“, platzte Lara heraus. „Paula tanzt wie ein Gummiball mit Stil!“

Jetzt lachten alle. Gummiball mit Stil, wer kam denn auch auf so einen verrückten Vergleich!

Als sich alle wieder beruhigt hatten, räusperte sich Mareike Simonsen.

„Okay, Stufe eins hast du bestanden, Lara“, erklärte sie. „Aber jetzt wird's ernst. Wir drehen die Szene nun vor laufenden Kameras und holen die anderen Schauspieler dazu.“

Lara schluckte. „Auch Jason, ich meine, Adam?“ Ihre Knie fingen direkt wieder an zu zittern.

Die Produzentin nickte. „Klar, alle.“

Sie winkte Lara zu sich und drückte ihr ein anderes Drehbuch in die Hand. „Das hier kennst du noch nicht. Es ist die zweite Folge, in der Amélie mitspielt. Sie zieht ein, wobei ihr erst mal keiner hilft. Dann aber taucht Jasons kleiner Bruder Rio auf und …"

Lara und Paula stutzten. „Rio?", riefen beide gleichzeitig. „Wer ist das?" Sie kannten die Serie in- und auswendig, vorwärts und rückwärts, aber von einem Rio war noch nie die Rede gewesen.

„Den könnt ihr noch nicht kennen", berichtete Günther Madré und tippte sich mit seinem Kuli an die Stirn. „Der spielt erst ab der zwölften Staffel mit und die lief ja noch nicht. Rio ist Jasons Bruder, der aus London zu Besuch ist, dann aber für immer bleibt. Der Schauspieler hat uns so überzeugt, den konnten wir nicht wieder aus der Chaos-WG rausschreiben."

Mareike Simonsen nickte. „Du hast nicht viel Text", fügte sie hinzu. „Aber du musst viel spielen. Amélie müht sich mit den Kisten ab und niemand hilft ihr. Spüre in dich rein, wie sich das anfühlt … Und dann, wenn du kurz vorm Platzen bist, kommt Rio aus Jasons Zimmer und nimmt dir die schwerste Kiste ab. Du bist begeistert – auch von Rio."

Lara nickte und nickte, bis ihr der Halswirbel beinahe heraussprang. Gleichzeitig versuchte sie, das Gehörte auch wirklich zu verstehen und abzuspeichern.

Dann riss lautes Gejohle sie aus ihren Gedanken. Lara musste schlucken. Da waren sie alle: Stella und Betsy, Robin und … Jason. Ihr Jason! In echt! In nah! Ihr Star zum Anfassen! Es

fehlte nicht viel und Lara wäre kreischend zu ihm gerannt, wie die verrückten Mädels, die man immer im Fernsehen sieht.
Im letzten Moment riss sie sich zusammen. Sie war jetzt kein Fan, sondern eine Kollegin. Zumindest, wenn sie die folgende Szene richtig rüberbrachte. Was schwerer war als der Umzugskarton, der ihr von einem Helfer gereicht wurde.
Sabine Hansen klatschte in die Hände. „Okay, Ruhe, Leute. Alle auf Position. Wir drehen!"
Lara rauschte der Kopf. War das hier gerade wirklich alles echt? Kein Traum? Kein Fieberwahn? Sie und Adam Groß standen zusammen vor der Kamera? Sie schüttelte benommen den Kopf. Jason verschwand nicht. Aber ... er interessierte sich auch nicht sonderlich für Lara. Es war nicht so, dass er alle an die Seite schob, zu Lara hinflog, auf die Knie sank vor Glück und ihr einen Heiratsantrag machte, so wie in ihrer Vorstellung. Er sah zu ihr, nickte kurz, dann alberte er weiter mit Stella herum. Ob die beiden in echt vielleicht was miteinander hatten?
„Alle auf Position!", wiederholte die Regisseurin. „Damit ist auch Amélie gemeint. Rio, bist du da?"
Hinter der Kulisse rumorte es. „Ja, kann losgehen", antwortete eine Jungenstimme durch die Tür von Jasons Zimmer.
Lara ging auf ihre Position an die offene Wohnungstür. Dann blickte sie sich um. Auch vor dem Wohnzimmer war es nun voll geworden. Junge Frauen mit Fotoapparaten liefen

herum, Männer mit Kabeln, die Kameras waren auf die WG gerichtet, Mikros wurden über ihre Köpfe gehalten. Auch die Frau mit der pinken Strähne schaute zu. Sie zeigte Lara ihre gedrückten Daumen.

„Folge 518, Szene 7, 1. Aufnahme!", rief die Regisseurin.

Sofort war es mucksmäuschenstill. Robin und Jason lungerten auf dem Sofa herum und blätterten in einer Musikzeitschrift. Stella hatte Kopfhörer auf und tanzte zu cooler Musik. Betsy las ein Kochbuch und schrieb den Einkaufszettel für die Woche. Noch unsichtbar wartete Rio auf seinen Einsatz. Und Lara spürte, dass alle Kameras auf sie gerichtet waren. Amélie, schwer beladen mit einem Umzugskarton, tapst unbeholfen in die Chaos-WG.

„Und Action!", rief Sabine Hansen und knallte dabei eine Klappe zu.

Lara sah zu den drei Stühlen. Der Chefautor, die Regisseurin und die Produzentin waren nun hellwach. Ihnen würde kein Fehler entgehen.

Laras Beine fühlten sich an, als wären sie aus Blei. Dann aber erkannte sie neben dem Kameramann ein Gesicht. Es war Paula. Und egal, wie die verrückte Sache hier ausging, Paula würde sie immer lieben. Ob sie genommen wurde oder kläglich versagte.

Sabine Hansen räusperte sich.

„Und Action!", rief sie noch einmal.

Lara wusste, dass das ihr galt. Sie wuchtete den Karton in die Höhe. Der war zum Glück wirklich schwer. Sie stöhnte. Gleichzeitig versuchte sie, mit dem Fuß die Wohnungstür zu schließen. Es gelang erst beim dritten Anlauf, sicher sah das total bescheuert aus!

Nun taumelte sie ins Wohnzimmer hinein. Am Karton vorbei bemerkte sie Jason und Robin auf dem Sofa abhängen. Wut stieg in Lara auf. Konnten diese eingebildeten Typen ihr nicht helfen?

„Verdammt, ist das schwäär!", presste sie hervor. Den Zettel mit dem Text hatte sie auf eine der Kisten geklemmt. Doch die Jungs amüsierten sich über irgendein doofes Foto in ihrer Zeitschrift. Amélie war Luft für sie.

Lara ächzte. Da endlich öffnete sich die Tür von Jasons Zimmer. Rio trat heraus.

„Was seid ihr denn für Männer?", sagte er sauer. „Ihr könnt doch eine Dame nicht so schwere Kisten schleppen lassen!"

Lara spürte, wie ihr der Karton aus den Händen genommen wurde. Und dann traf sie ein Blitzschlag. Vor ihr stand Jan! Er spielte die Rolle von Rio!

Lara wurde schlagartig knallrot. Und sie hatte ihn für einen Laufburschen im Team gehalten!

„Mer-Merci!", stammelte Lara. Dafür brauchte sie nicht schauspielern. „Du bist äscht ein tolläär Typ!"

„Danke!", rief die Regisseurin.

Lara wäre am liebsten im Boden versunken. Sie hatte alles vermasselt. Warum hatte Jan ihr denn nicht gesagt, dass er auch in der Chaos-WG mitspielte?

Sie sah, wie die drei Macher der Serie sich berieten. Auch der Kameramann und die Frau mit der pinken Strähne wurden dazugewunken.

Nach quälend langen Sekunden begannen die fünf zu klatschen. Auch der Rest vom Team applaudierte mit. Lara schluckte. Sogar Robin, Jason, Stella und Betsy strahlten sie an. Rio, also Jan, stellte den Karton auf den Boden.

„Gratuliere!", sagte er und lächelte so, dass Lara ihm am liebsten um den Hals gefallen wäre.

„Sieht so aus, als hättest du die Rolle."

Das alles ist jetzt drei Monate her. Und heute? Lara hat die Rolle der Amélie so überzeugend gespielt, dass Günther Madré weitere Auftritte für die französische Austauschschülerin in die Chaos-WG geschrieben hat. Die ersten Folgen mit ihr sind bereits im Fernsehen gelaufen und Lara hat einen eigenen Fanclub. Sogar Kimberley wollte ein Autogramm von ihr. Am liebsten wäre sie Laras beste Freundin. Aber das ist natürlich Paula geblieben.

Paula hat dann doch nicht in der Chaos-WG mitgespielt. Bei den Probeaufnahmen hat sie jeden Tanzschritt verhauen. Sie ist aber überhaupt nicht sauer, denn sie meint, ein Star in der Klasse reiche voll und ganz. Adam Groß stellte sich schon nach drei Drehtagen als ziemlicher Großkotz heraus. Lara und er begegnen sich als Kollegen, mehr nicht. Ach ja, mit Jan ist Lara übrigens fest zusammen. Noch am Abend nach dem Casting schickte er ihr zwanzig Nachrichten. Und am Folgetag auch. Dann sogar einen Strauß ihrer Lieblingsblumen. Mit einer Einladung ins Kino. Auf dem Heimweg hat er Lara dann gefragt, ob

sie mit ihm gehen wollte. Lara beugte sich nur vor und gab ihm statt einer Antwort einen langen Kuss. Seitdem haben sich die Schmetterlinge fest in ihrem Bauch eingenistet.

„Das Leben ist herrlich!", meint Lara.

„Und damit hat sie verdammt noch mal Recht!", findet Paula.

Und damit hat sie verdammt noch mal Recht!

Ende

Traumtyp-alarm

Wie heißt es so schön? Allen Mut zusammennehmen? Man muss allen Mut zusammennehmen, wenn man sich bei seinem Lehrer über eine ungerechte Note beschwert. Oder wenn man die Frau anfaucht, die sich beim Bäcker immer vordrängelt.

Aber wenn man seinen Traumjungen ansprechen will, der in einer Fernsehserie mitspielt und einen gerade amüsiert mustert – dafür muss wohl noch ein neuer Begriff erfunden werden.

Lara jedenfalls nahm mehr als allen Mut zusammen und stiefelte auf Adam Groß und Kimberley zu.

Die doofe Tussi!, dachte Lara. Warum suchte die sich nicht einen Typ, der zu ihr passte? Sie würde Kimbie jetzt sofort in Grund und Boden brüllen!

Doch als Lara nur noch einen Schritt von Adam Groß entfernt war, lächelte er sie an.
„Hi! Kannst du Gedanken lesen?", fragte er begeistert. „Ich habe eben deine Klassenkameradin gefragt, ob sie dich kennt."

Lara war verdutzt. Wollte der sie vera...lbern?
Doch Kimberley nickte. „Ich habe ihm gesagt, dass du cooler bist, als dein T-Shirt vermuten lässt."
Adam Groß lachte wieder. So wie eben, als Lara ihn nur aus der Entfernung beobachtet hatte. „Ich find's gut. Die meisten anderen Girls hier sind so rausgeputzt, als wollten sie zur Modenschau."
Lara warf einen Seitenblick auf Kimberley. Die versuchte zu lachen. Kimbie trug nämlich so hautenge Jeans, dass nur ein Kran sie da reingehoben haben konnte. Dazu eine Glitzerbluse aus dem teuersten Geschäft der Stadt. Geschminkt war sie auch.
Lara schluckte den dummen Kommentar hinunter, der ihr auf der Zunge lag, und hielt Adam stattdessen die Hand hin.

„Kannst mich doch auch selber fragen", sagte sie. „Ich bin Lara!"
Lara biss sich auf die Unterlippe. Hatte sie das gerade wirklich gesagt? War sie so cool? Hey, das war nicht irgendein Typ vor ihr. Das war ADAM GROSS – IHR JASON!!!!!! Die halbe

Klasse, ach was, die halbe Welt wäre eher in Ohnmacht gefallen, als ihm die Hand zu geben. Und sie blieb locker!

„Cool!“, sagte Adam und griff zu. Seine Hand war angenehm warm und trocken. Lara hatte schon einmal mit einem Jungen Händchen gehalten. Aber dessen Hände waren schweißnass gewesen. Jetzt allerdings konnte sie sich gut vorstellen, diese Hand öfter zu halten als nur beim Begrüßen.

Und dann kam der Hammer! Adam beugte sich zu Lara und küsste sie links und rechts auf die Wange. Als würden sie schon ewig Freunde sein!

Lara schoss das Blut ins Gesicht. Ihr Herz schlug, als wollte es ihr ein Loch in die Brust klopfen.

„Hi!“, stammelte sie noch einmal, was nun wirklich total blöd war.

Zum Glück tauchte dann Paula auf. Und Paula rettete alles.

„Ich bin Paula“, stellte sie sich ganz locker vor. „Auch bei den beiden in der Klasse.“

Adam hauchte auch ihr zwei Küsse entgegen.

„Drei Schauspielerinnen in einer Klasse“, staunte Adam. „Nicht schlecht! Aber nur eine von euch kann die Rolle haben.“

Paula winkte ab. „Ich bin nur als Begleitung hier. Und als Fan. Wann kann man schon mal die Chaos-WG von innen sehen?“

Adam lachte wieder. Es klang aber gar nicht mehr arrogant, wie Lara es aus der Ferne gefunden hatte. Adam lachte gerne

und über alles. Ein total positiver Typ eben. Aber er wurde auch nicht gerade von den Mädchen links liegen gelassen. Die Mädels weiter hinten im Gang würden die Akkus ihrer Handys jedenfalls bald aufgebraucht haben vor lauter Selfies mit ihm im Hintergrund.
„Lasst uns mal aus der Schusslinie gehen", schlug Adam vor. „Ich bin ja echt eitel und mag den Rummel, wenn ich irgendwo auftauche. Aber nicht immer und ständig. Jetzt wäre ich gerne ungestört."
Kimberley rollte völlig künstlich mit den Augen. „Das kann ich gut verstehen! Mir geht's auch immer so, wenn ich auf den Schulhof komme!"
Paula stupste Lara an. Lara prustete los, hielt sich aber noch rechtzeitig ein Taschentuch vors Gesicht.
„Bist du erkältet?", fragte Kimberley leicht verwirrt nach. „Dann steck mich bloß nicht an. Ich will keinen Drehtermin verpassen!"
Lara versuchte, das Grinsen zu unterdrücken. Aber so richtig gelang es nicht.
„Nein, nein", antwortete sie und giggelte. „Da hat mich nur was in der Nase gekitzelt."
Adam Groß grinste ebenfalls. Scheinbar fand er Kimbies aufgesetzte Art auch fürchterlich.
„Okay, hier lang", schlug er vor und lotste die drei Mädchen durch den Gang. An einer Tür, an der NUR FÜR SCHAUSPIELER stand, stoppte er. „Ihr seid ja fast schon Kollegen, oder?"

Adam zwinkerte Lara zu. Lara zwinkerte zurück. Erst danach rebellierte ihr Bauch. Flirtete sie gerade wirklich mit Adam Groß? Lara schüttelte den Kopf. Das gab's doch alles gar nicht!

Hinter der Tür war ein kleiner Raum, in dem der Caterer sein Essen aufgebaut hatte. Auf einem Tisch an der Wand standen silbern glänzende Wannen mit Deckeln. Essensduft hing in der Luft. Der Raum war voller Leute. An einem der Tische saß eine blonde Frau Mitte vierzig, die in ihrem Essen herumstocherte. Mit der anderen Hand tippte sie unaufhörlich auf ihrem Smartphone herum. Lara hatte sie noch nie gesehen, Schauspielerin war sie jedenfalls nicht.

Adam führte sie zum Tisch mit den Wannen und öffnete einen Deckel nach dem anderen.

„Voilà!", sagte er, als sei er der Koch persönlich. „Huhn mit Kartoffelgratin, Chinapfanne mit Bambussprossen und als Drittes Schweinebraten mit Sauerkraut und Spätzle."

Er lächelte die Mädchen an. „Nehmt euch, was ihr wollt. Mit leerem Magen kann man schlecht schauspielern."

Kimberley griff als Erste zu. „Huhn!", verkündete sie, als hätte sie damit einen neuen Trend erfunden, der nun um die Welt schwappen würde. Sie hob sich das kleinste Stück auf ihren Teller. „Mehr schaffe ich aber nicht."

Lara war wie in Trance. Eben noch hatte sie zu Hause in ihrem Zimmer gehockt und nicht gewusst, was sie anziehen sollte. Und nun aß sie mit Adam Groß zu Mittag. Nicht mit einem

Poster wie sonst. Mit dem *richtigen* Adam Groß. Es war wie im Traum.

„Chinapfanne", suchte sie aus. „Ich bin Vegetarierin."

„Cool!", lobte Adam. „Ich auch!"

Paula lachte laut. „Du bist VegetarierIN?"

Adam stupste ihr lachend gegen die Schulter. „Hey, verarsch mich nicht, ja!"

Nur Kimbie schaute säuerlich auf das Hühnerbein auf ihrem Teller. Ob sie damit wohl alle Chancen vertan hatte, bei Adam zu landen?

Als sie einen Tisch in der Ecke ansteuerten, bemerkten sie Stella, die schon dort saß. Also, die Schauspielerin, die in der Chaos-WG Stella spielte.

„Hi!", sagte sie und sah kurz von ihrem Drehbuch auf. Der Schweinebraten neben ihr war kalt geworden. „Hach, ich kann mir einfach diesen blöden Text nicht merken!"

Lara war verblüfft. Erstens, weil Stella doch immer so selbstbewusst rüberkam. Sie war irgendwie die Tollste in der Chaos-WG. Lara hätte sie richtig super gefunden, wenn sie nicht die Ex von Jason gewesen wäre. Und zweitens, weil Stella gar keine Starallüren hatte. Da kamen drei fremde

Mädchen an ihren Tisch und sie tat nicht mal so, als wäre alles ein Kinderspiel. Stella hatte echt Mumm. Eigentlich hieß Stella übrigens Julia.

„Hi, Juli“, grüßte Adam und gab ihr seine obligatorischen zwei Küsschen. Julia schien sie nur aus Gewohnheit zu erwidern. Trotzdem spürte Lara einen Stich im Herzen. Wenn sie zusammen waren, musste sie ihm die Fremdküsserei aber abgewöhnen. Das hielt ja kein Herz aus! Und mit Julia würde sie wohl nie richtig warm werden können. In den Klatschzeitschriften wurde schließlich auch immer vermutet, dass die beiden im richtigen Leben ein Pärchen waren. Zumindest früher mal.

Lara brannte diese Frage unter den Nägeln.

„Ich horche Julia mal aus, wie Adam als Freund so ist“, flüstert Lara Paula ins Ohr.
Wenn du das für eine gute Idee hältst, lies weiter auf Seite 89.

Eigentlich geht mich das überhaupt nichts an, denkt Lara. Schon gar nicht beim allerersten Treffen!
Wenn du ihr zustimmst, lies weiter auf Seite 98.

Spaghetteis-zauber

Lara probte nicht. Irgendwie hatte Paula ja Recht. Warum sollte sie hier in ihrem Zimmer auf und ab laufen und so tun, als wäre es die Chaos-WG? Gut, so unordentlich wie dort war es hier allemal. Aber Jason, Betsy, Stella und Robin fehlten eben doch, und die waren schließlich die Bewohner der Chaos-WG.

Der Montag ging relativ schnell vorbei. Lara malte sich aus, was sie beim Casting anziehen und wie Adam darauf reagieren würde. Sie telefonierte sechsundzwanzigmal mit Paula, um ihr Outfit durchzusprechen.

Dienstag fiel es Lara schon schwieriger, nicht zu proben. Schließlich hatte es doch bestimmt einen Grund, dass ihr das Drehbuch zugeschickt worden war? Sie lugte hinein. Nur mal so, aus Interesse. Nur mal lesen, was eigentlich passieren würde. Bald hatte Lara sich festgelesen. Die neue Figur hieß

Amélie und war Französin. Sie sollte für eine Woche in der Chaos-WG einziehen.
Wenig später erwischte sich Lara selbst dabei, wie sie die Textstellen, die für Amélie gedacht waren, laut mitsprach.
„Stopp!", schimpfte sich Lara nach einer Stunde selbst aus. „Du hast dich dazu entschieden, nicht zu proben!"
Aber in ihrem Zimmer konnte sie nicht bleiben. Nicht bis Samstag und nicht bis heute Abend. Sie rief Paula an. Aber die ging nicht ran. Dabei hatte Lara heute doch erst zwölfmal mit ihr gesprochen. Sie probierte es bei Maja und Justine. Aber beide hatten Schwimmtraining.
Lara ging wie ein eingesperrter Tiger in ihrem Zimmer auf und ab. Wenn sie wenigstens Böhnchen noch hätte! Dann hätte sie jetzt einen Grund gehabt, durch den Park zu bummeln. Man konnte als Dreizehnjährige ja wohl kaum einfach so spazieren gehen!

Lara sah auf die Uhr. Es war noch nicht einmal halb vier! Schließlich kramte sie doch ein paar Münzen aus der Schublade, schminkte sich die Lippen in blassem Rosa und verließ die Wohnung. Ihr schwebte ein riesiges Spaghettieis vor.
In der Eisdiele blieb Lara beinahe das Herz stehen. Hinter der Theke stand Nino,

der Sohn des Besitzers. Er war vierzehn, wenn Lara sich richtig erinnerte. Und sausüß. Nicht umsonst standen alle Mädchen bei ihm in der Schlange. Bei seinem Vater bestellten nur uralte Frauen um die vierzig, Männer und die rotznäsigen Jungs aus der Siedlung.

Lara stellte sich beim Chef an. Sollte Nino sich ja nichts einbilden! Wie diese Tussis war sie jedenfalls nicht! Außerdem ging sie ja sowieso schon fast mit Adam Groß!

Als Lara an der Reihe war, klingelte das Telefon des Venezia. Der Chef gab seinem Sohn ein Zeichen und ging ran. Nino kam zu Lara.

„Hi!", grüßte er überschwänglich. „Du bist Lara, stimmt's?"

Lara war völlig überrumpelt. „Äh, ja. Woher kennst du mich?"

Nino lächelte. „Wir Italiener haben ein Auge für schöne Frauen, das liegt uns im Blut!"

Lara rollte mit den Augen. „Haben das nicht alle Männer?"

Jetzt lachte Nino. „Vielleicht, aber wir Italiener sagen es auch!"

Er zwinkerte Lara zu. Aber es wirkte nicht

überheblich. Nino war selbstbewusst, doch er bildete sich nicht ein, dass alle Mädchen sofort weiche Knie bekamen, wenn er sie mit seinen großen Hundeaugen anblickte.
„Okay", antwortete Lara. „Und durch die ganzen Komplimente verkaufst du auch noch mehr Eis, oder?"
Nino zeigte mit dem Eislöffel auf sie. „Du hast mich durchschaut!"
Lara zwinkerte zurück. Dagegen würde Adam ja wohl kaum etwas haben. „Das kannst du dir bei mir sparen, ich weiß sowieso schon, was ich möchte: ein Spaghettieis. Mit Erdbeeren, bitte!"
Nino verbeugte sich ein wenig. „Ein Spaghettieis für die schöne Signorina!"
Lara lachte laut. Nino klang wie aus einem alten Film. Es war kitschig, aber gleichzeitig tat es auch gut, so etwas über sich zu hören. Vorhin in ihrem Zimmer hatte sie sich kein bisschen schön gefunden.
Fasziniert wurde Lara Zeuge, wie souverän Nino den Eisbecher zauberte. Er schnippelte die frischen Erdbeeren in einem Wahnsinnstempo in kleine Stückchen, streute sie über das Vanilleeis und goss aus einer weißen Flasche Erdbeersoße über das Kunstwerk. Dann hob er es auf den Tresen. Das Spaghettieis sah so aus, als wollte es auf das Titelblatt einer Modezeitung. Lara verschluckte sich fast bei dem Gedanken. Ein Eis, das Model werden will! Solche Vergleiche fielen sonst nur Paula ein!

„Prego!", sagte Nino und strahlte über das ganze Gesicht. Der ehrlich verdiente Stolz in seinen Augen machte ihn noch hübscher.

Lara konnte es nicht leugnen, ihr Herz schlug ein bisschen schneller. Nicht so wie beim Vorspann der Chaos-WG. Aber doch mehr, als bei einer Begegnung mit ihrem Kunstlehrer. Und der war auch ziemlich niedlich.

„Sieht echt supertoll aus!", lobte Lara. „Machst du das bei allen Gästen so?"

Nino lächelte verschmitzt. Ihm schien Laras forsche Art zu gefallen. „Nein. So viel Mühe habe ich mir vorher noch nie gemacht. Nur wenn der Eisbecher für mich selbst war!"

Lara zog das kleine silberne Tablett mit dem Becher zu sich. „Muss ich gleich zahlen oder kann ich erst essen?"

Nino winkte ab. „Du musst gar nicht zahlen. Ich lade dich ein."

Ein paar Mädchen steckten die Köpfe zusammen und tuschelten. Lara spürte, wie sie rot wurde. „Das geht doch nicht, ich bezahle."

Sie kramte mit einer Hand nach den Münzen in ihrer Hosentasche. Dabei stieß sie den Eisbecher fast von der Theke.

„Hey, mach keinen Unsinn!", ermahnte Nino sie. „Ich lade dich ein. Was meinst du, wie viel mein Vater mir fürs Arbeiten zahlt? Nichts! Ich mache das, weil der Laden der Familie gehört. Also darf ich auch mal ein Eis spendieren. Und bevor du mich wieder fragst: Das mache ich nicht mit jedem schönen Mädchen so."

Nino sah Lara fest in die Augen.

Lara nickte. „Okay", stammelte sie. Vielleicht war es ein Fehler, aber sie glaubte Nino jedes Wort.

Als Lara das Spaghettieis zu einem freien Tisch balancierte, zitterte das ganze Tablett. So aufgeregt war sie.

Die Jungs aus ihrer Klasse machten den Mädchen nie Komplimente. Und selbst bei den Großen hörte sie so etwas nicht. Wenn sie mit einem Mädchen zusammen waren, hörten sie auf, sich Mühe zu geben. Das hatte Lara mehr als einmal beobachtet. Und sich geschworen: nicht mit mir! Sie würde ihrem Freund nicht überallhin nachdackeln. Sie würde ihn begleiten, aber ihm auch klar sagen, worauf sie keine Lust hatte. Das hübsche Anhängsel eines Jungen war sie nicht, so viel stand fest!

Lara löffelte gedankenverloren ihr Eis. Dachte über die Beziehungen nach, die die Jungs und Mädchen so hatten, die sie kannte. Viele waren das ja nicht. Aus ihrer Klasse hatte aktuell niemand einen Freund oder eine Freundin. Nicht mal Kimberley. Aber ihr Ex ließ keine Gelegenheit aus, über sie zu lästern. Niemand konnte den Blödsinn mehr hören, aber seine Freunde lachten noch immer über den Mist. Das hatte nicht mal Kimbie verdient.

Als der Eisbecher zur Hälfte in Laras Bauch verschwunden

war, setzte sich Nino neben sie an den Tisch. „Es schmeckt dir, wie ich sehe?"
Lara verschluckte sich beinahe an einer Erdbeere. Sie hatte Nino gar nicht kommen hören.
„Ausgezeichnet", brachte sie hervor. „Und du? Schon Feierabend?"
Nino nickte. „Ich bin ja noch Schüler, nicht der Chef", antwortete er grinsend. „Mein Vater bringt mir alles bei, was für das Geschäft wichtig ist. Aber er sagt immer: Erst machst du deinen Schulabschluss. Das ist wichtig." Nino riss ein Stück von der Serviette ab und rollte ein Kügelchen.
„Mein Onkel war Fußballprofi, weißt du", erzählte er. „Richtig in der Bundesliga. Der hat schon als Jugendlicher echt viel Kohle verdient. Mit dem Geld nur so um sich geworfen. Die Schule hat er natürlich abgebrochen. Seine Familie war ihm nicht mehr gut genug – ein Eisdielenbesitzer, ha! Und dann hat er sich das Knie verdreht. Beim Training. Heute hilft er auf dem Bau aus. Trägt die Zementsäcke, die keiner schleppen will. So was wird mir nicht passieren …"
Nino kippelte mit dem Stuhl. Seine Augen waren in die Ferne gerichtet, vielleicht in die Vergangenheit seines Onkels. Vielleicht in seine eigene Zukunft.
Lara lief ein warmer Schauer über den Rücken. So offen hatte noch nie ein Junge mit ihr geredet. Die meisten taten cool oder hatten sowieso nichts zu erzählen.

„Ich bin mir sicher, du gehst deinen Weg, Nino", sagte Lara leise. „Zu lernen ist nie falsch."

Nino lächelte sie an. „So hübsch und auch noch klug, ich muss ein Glückskind sein!" Er beugte sich über den Tisch und hauchte Lara einen Kuss auf die Wange. Nur ganz zart, aber Lara war es, als zöge ihr jemand den Boden unter den Füßen weg.

Sie wurde rot. Langsam übertrieb Nino es aber!

Nino sah ihr tief in die Augen. „Weißt du was?", flüsterte er begeistert. „Warum kommst du am Samstag nicht zum Sommerfest bei uns im Garten? Um zehn Uhr geht's los. Du kannst auch gerne eine Freundin mitbringen, wenn du dich alleine nicht traust. Es gibt leckeres Essen und original Limonata aus Mailand."

Lara schluckt. „Ich würde gerne", gesteht sie. „Aber am Samstag habe ich schon was vor!" Wenn auch du findest, dass Lara das Casting nicht ausfallen lassen soll, dann lies weiter auf Seite 111.

Laras Gedanken überschlagen sich. Eigentlich wollte sie beim Casting ja nur Adam Groß kennenlernen. Aber ihr Herz rät ihr gerade: Sag zu! Wenn du das auch so siehst, lies weiter auf Seite 106.

Oh-oh!

Nachdem sie sich zu Julia an den Tisch gesetzt hatten, räusperte sich Lara. Einmal, zweimal. Endlich sah Julia von ihrem Drehbuch auf.

„Is was?"

Lara merkte, wie der Mut sie verließ. Ging sie das überhaupt etwas an? Ja, fand Lara. Julia und Adam waren schließlich – wie hieß das so schön? – „Personen des öffentlichen Lebens". Da war es doch klar, dass Fans wissen wollten, was lief.

Lara versuchte es auf die coole Tour. Sie zwinkerte Julia zu. „Jetzt mal ehrlich. Wart ihr zwei auch im richtigen Leben zusammen?"

Julia schluckte. Das war deutlich zu sehen. Auch ihr Blick veränderte sich. Er ging von angestrengt in sauer über.

„Frag ihn!", spuckte Julia aus. Sie ähnelte der selbstbewussten Stella nun kein bisschen mehr.

Lara sah zu Adam. Der hatte genau mitbekommen, worüber die beiden Mädchen gesprochen hatten. Jetzt war er nicht mehr der coole, schöne Jason. Stattdessen wirkte er eiskalt.

„Du hattest ja schon immer was dagegen, dass ich auch mit anderen Mädchen spreche", fauchte er bitter zurück. „Damit hast du alles kaputt gemacht."

Lara suchte unter dem Tisch nach Paulas Hand. Anscheinend hatte sie hier in ein Wespennest gestochen. Dabei hatte sie doch nur ein Gerücht aus der Welt schaffen wollen ...

„Sprechen, ha!" Julia war nun aufgesprungen. Ihr Drehbuch fiel auf den Boden. *„Knutschen* passt wohl besser! Auf wen von den dreien hast du es denn heute abgesehen, hä? Die aufgetakelte Tussi da?" Sie deutete mit dem Kinn auf Kimberley, als wäre sie die letzte Schlampe.

Kimberley schnappte nach Luft. Ohne nachzudenken, schnappte sie sich Julias Cola und kippte sie ihr über den Kopf.

„So behandelt mich niemand!", kreischte Kimberley. „Auch kein Mädchen, das ich bislang immer bewundert habe!"

Julia sprang nun hinter dem Tisch hervor und wollte sich auf Kimbie stürzen. Adam ging dazwischen. Und auch ein anderer Junge, der gerade erst den Raum betreten hatte. Lara erkannte ihn als Robin aus der Chaos-WG.

„Hey, Schluss jetzt, Leute!“, mahnte Robin. „Wir drehen gleich und ihr reißt euch hier gegenseitig die Haare aus!“

„Mit dem Arsch gehe ich nicht mehr vor die Kamera!“, brüllte Julia. „Dauernd schleppt er irgendwelche anderen Weiber an!“

Sie versuchte noch einmal, Kimberley zu treten. Aber Robin hatte Julia fest im Griff.

Adam schüttelte nur den Kopf und zog Kimberley vom Tisch weg. Lara schauderte, als er seinen Arm um Kimbie legte. So wie es eigentlich nur Verliebte tun.

„Komm, lass die Verrückte allein“, schnaubte er. Dann blickte er Lara an.

„Vielen Dank, Laura“, sagte er schnippisch. „100 Punkte! Wenn du schlechte Stimmung machen wolltest, hast du es geschafft. Sei mir nicht böse, aber ich drücke die Daumen, dass du die Rolle nicht kriegst!“

Lara war am Boden zerstört. Wie unter Hypnose verließ sie den Speisesaal. Und das auch nur, weil Paula sie mit sich zog. Sonst wäre sie wohl für alle Zeiten dort hocken geblieben. Mitten in einer Pfütze Cola.

Adam wünschte sich, dass sie versagte. Schlimmer aber noch war etwas anderes, was ihr großer Schwarm gesagt hatte. Adam hatte sie Laura genannt. Das hieß ja wohl, dass er ihr auch vorher nicht richtig zugehört hatte. Stimmte also vielleicht alles, was Julia ihm vorwarf?

„Lara, du bist einmalig." Paula schüttelte ungläubig den Kopf. „Fragst du einfach: *Jetzt mal ehrlich. Wart ihr zwei auch im richtigen Leben zusammen?*" Paula konnte sich ein Schmunzeln nicht verkneifen. Obwohl die Sache so ernst war.

„Verdammt, ich hab's total versaut ...", stammelte Lara. „Ich wollte doch gar niemandem wehtun. Julia nicht und Adam schon gar nicht."

Paula zog Lara mit sich durch den Gang. Bald waren sie wieder umringt von lauter hoffnungsvollen Mädchen, die sicher alles dafür gegeben hätten, mit Adam Groß zu Mittag zu essen.

Lara schlug sich mit der flachen Hand vor die Stirn. „Was bin ich für eine Idiotin!"

Paula grinste wieder. „Kein Widerspruch von mir. Da hast du einen echten Lara-Bock geschossen. Oder sollte ich besser sagen: Laura-Bock?"

Lara stieß ihrer besten Freundin den Ellenbogen in die Seite. „Doofe Kuh!", grummelte sie.

Der Schock saß ihr noch immer in den Knochen, aber langsam bekam Lara wieder Luft. Was, wenn sie so tat, als wäre das alles gar nicht passiert?

Paula sah auf die Uhr. „Du solltest dich übrigens langsam mal anmelden", drängelte sie. „In fünf Minuten schließen sie die Anmeldung. Dann zerplatzt dein Traum."
Lara ließ sich auf einen freien Stuhl fallen. „Das hat doch jetzt keinen Sinn mehr!", seufzte sie. „Ich kann doch keinen geraden Satz rausbringen, wenn ich Adam gegenüberstehe. Und Julia ist auch noch da!"
Paula zuckte mit den Schultern. „Sieh es doch mal so: Du hast nichts mehr zu verlieren, die beiden hassen dich sowieso."
Lara vergrub ihr Gesicht in den Händen. „Na, bravo. Grab mir einen Tunnel, damit ich direkt nach Australien auswandern kann."
Sie atmete noch einmal tief durch. Dabei bemerkte sie auf dem Tisch neben sich eine Autogrammkarte von Adam Groß. Ein anderes Mädchen musste sie vergessen haben. Lara wollte sie schon einstecken, doch dann überlegte sie es sich anders.
„Good-bye, Jason", sagte sie und strich mit den Fingern über das Foto. „Es wird Zeit, erwachsen zu werden." Sie sah Paula an. „Für Serienstars zu schwärmen ist keine Schande. Aber davon zu träumen, mal mit ihnen zusammenzukommen, ist doch sehr weit hergeholt."

Lara reichte Paula die Hand. Ihre beste Freundin zog sie aus dem Stuhl. Lara griff in ihre Tasche, holte den Umschlag mit

der Einladung zum Casting heraus und zerriss ihn. „Fernsehen ist nichts für mich. Ich bin jetzt groß und habe einen realistischen Berufswunsch: Ich werde Pferdepflegerin auf meinem eigenen Reiterhof!"
Paula lachte so laut, dass sich alle Mädchen zu ihnen umdrehten. „Warum nicht gleich Tierärztin? Und du behandelst nur die Tiere von armen Leuten. Völlig umsonst natürlich."

Lara nahm immer drei Stufen auf einmal. Seit sie den Umschlag durchgerissen hatte, fühlte sie sich leicht und befreit. „Warum nicht? Die Welt wäre ein besserer Ort, wenn alle das machen würden, was sie sich als Kinder vorgenommen haben."

Paula öffnete die Glastür des Sendergebäudes. „Es sei denn, man hat die Möglichkeit, den Star einer Fernsehserie zu heiraten und …"
Weiter kam sie nicht. Denn auf einer Mauer in der Sonne hockte Sam, aus ihrer Parallelklasse. Er sah aus, als würde er schon ziemlich lange hier warten.
Als er Lara und Paula bemerkte, streckte er sich und winkte.
„Du, der meint uns!", flüsterte Paula.
„Quatsch!", antwortete Lara. „Der hat bestimmt seine Schwester hierherbegleitet."
Aber Sam winkte immer noch.
„Wir gehen da jetzt hin", beschloss Paula. Lara tippte sich an die Stirn. Aber dann folgte sie ihrer besten Freundin doch.
„Hi!", begrüßte sie Sam. Nicht besonders originell. Aber gerade hatte Lara auch echt keine Lust mehr, coole Sprüche von sich zu geben.
„Hi!", erwiderte Sam. „Und?"
„Was und?", fragte Lara zurück.
„Na, hast du die Rolle?"
Lara winkte ab. „Hab mich gar nicht erst angemeldet", gestand sie. „Diese Glitzerwelt des Fernsehens ist doch nichts für mich."
Warum stupste Paula ihr nur immer in die Seite?
„Und was machst du hier?", fragte Lara endlich. Paula nickte stolz. Gut gemacht!, sollte das wohl heißen.
Sam grinste und sprang von der Mauer. „Ich wollte eigentlich

nur fragen, ob du mit mir ins Kino kommst? Ähm, äh, Paula ist natürlich auch eingeladen!"

Lara war verblüfft. Doch dann strahlte sie über das ganze Gesicht. Irgendwie hatte sie Sam ja schon immer ganz süß gefunden, nur stand ihrem Glück bis vor Kurzem noch ein Teeniestar im Weg.

„Auf jeden Fall!", sagte sie und grinste. „Ich habe jetzt ja nichts mehr vor."

Als Sam im Kinosaal dann zaghaft ihre Hand nahm, breitete sich von der Berührung eine unglaubliche Wärme in Laras ganzem Körper aus. Den gesamten Film über ließ sie Sam nicht mehr los.

Seitdem sind Lara und Sam zusammen. Am Anfang hat Lara ihre Hand in der Schule noch immer weggezogen, wenn Sam sie nehmen wollte. Aber irgendwann war ihr das auch vor ihren Freundinnen nicht mehr peinlich. Sam ist einfach ein total witziger Typ und gut aussehen tut er ja sowieso. Kimberley hat die Rolle auch nicht bekommen. Aber Adams Handynummer. Er hat sich tatsächlich zweimal mit ihr verabredet, doch dann war Funkstille. Kimberley verrät nicht, was bei diesem letzten Treffen passiert ist. Nur einmal ist ihr ein „Julia hatte so Recht!" rausgerutscht. Früher hätte Lara sich dafür zerrissen, rauszufinden, ob was zwischen Kimbie und Adam gelaufen ist. Doch jetzt interessiert sie das nicht mehr die Bohne. Auch die Chaos-WG schaut sie nur noch selten. Die Dialoge sind ihr zu oberflächlich und künstlich. An ihren Zimmerwänden hängt auch kein Poster von Jason mehr. Sie hat alle abgehängt, bevor Sam das erste Mal zu Besuch kam. Sie wollte nicht, dass ihn die Bilder von ihrem früheren Schwarm verletzten. Sam wäre vermutlich damit klargekommen, aber man muss ja nicht alles ausreizen, findet Lara.

Das Casting hat ihr Glück gebracht, wenn auch auf ganz andere Weise als erträumt.

Paula hat übrigens auch einen Freund: Yannick. Die beiden haben sich beim Hip-Hop kennengelernt. Sie sollte mit einem aus dem Jungenkurs eine Choreografie für ihr Sommerfest entwickeln. Die Choreo wurde ein voller Erfolg und ihr erster Kuss mit Yannick noch viel doller.

In den Klatschzeitschriften gab es Gerüchte, Julia und Adam wären nach vielen Querelen wieder ein Pärchen. Aber ob da auch nur ein Fünkchen Wahrheit dran ist, weiß niemand.

Ende

Living the Dream

Mann! Nichts brannte Lara so unter den Nägeln wie diese Frage: Waren Julia und Adam auch in der Realität ein Paar gewesen, nicht nur im Fernsehen? Oder – was noch viel spannender war – liebten sie sich sogar noch immer?

Aber das ging sie natürlich überhaupt nichts an. Nur weil die beiden Fernsehstars waren, hieß das nicht, dass sie keine Privatsphäre hatten. Und schließlich waren sie und Paula und Kimberley gerade Adams Gäste.

Falls da mal etwas gewesen sein sollte, ließ sich Adam jedenfalls nichts anmerken. Statt sich zu Julia zu setzen, zeigte er mit dem Kinn auf einen anderen Tisch fünf Meter entfernt, stolzierte mit seinem Teller hin und fläzte sich auf einen gepolsterten Stuhl. Kimberley setzte sich neben ihn, Paula gegenüber.

Lara aber blieb vor Julia stehen. Sie wusste genau, wie mies man sich fühlt, wenn die Texte nicht in den Kopf wollen.

Paula hatte sie auch mehrmals angemotzt, warum sie denn nicht lernen würde. Dass richtige Schauspieler aber auch solche Probleme hatten, das überraschte Lara sehr.
„Soll ich dich abhören?" Lara war von ihrem eigenen Vorschlag überrascht. Hatte sie das etwa gerade gesagt? Einfach so? Zu Julia, die sie doch eigentlich hasste, weil sie Jason als Stella so mies behandelt hatte?
Julia sah von ihrem Drehbuch auf. Sie lächelte. „Würdest du das echt machen?", fragte sie. „Das nervt doch voll!"
Lara zwängte sich auf den Stuhl ihr gegenüber und stellte ihren Teller ab. „Quatsch, wenn es dich nicht stört, dass ich dabei schmatze …"
Jetzt lachte Julia. Sie sah gar nicht mehr so betrübt aus wie noch vor einer Minute. Mit einer Hand schob sie Lara das Drehbuch zu. Mit der anderen packte sie die Gabel und schob sich eine ordentliche Portion Spätzle in den Mund.
„Dann fmapfe iff eben furück!"
Lara grinste. „Szene 7? Stella hat Bauchkrämpfe?"
Julia nickte.
Lara aß schnell noch zwei Bissen, dann legte sie los. „Ich bin Betsy und sitze an deinem Bett, okay?"
Julia nickte. Sie war überhaupt nicht so oberflächlich, wie Lara sie sich immer vorgestellt hatte. Sie war lustig und offen – immerhin war Lara für sie doch einfach nur irgendein Mädchen.
„Was hast du, Stella?", fragte sie besorgt.
Julia stöhnte und hielt sich den Bauch. „Ich weiß nicht, seit

gestern habe ich solche Schmerzen. Liegt sicher am … – Grrr! An was liegt es noch mal?"

Lara lachte. „Am Trink-Joghurt. Der war schon seit drei Tagen abgelaufen."

Julia nickte. „Danke. Also: Ich weiß nicht, seit gestern habe ich solche Schmerzen. Liegt sicher am Trink-Joghurt. Der war schon seit drei Tagen abgelaufen."

Lara zeigte Julia den erhobenen Daumen. Topp, weiter so!

„Da kenne ich ein gutes Hausmittel", sagte Lara nun Betsys Text. „Fenchelsamen kauen. Dazu eine Knoblauchzehe zerbeißen – hilft immer!"

Julia sah sie gequält an. „Knoblauchzehe? Das geht nicht, ich bin mit, aua!, mit Levin verabredet, da kann ich doch nicht stinken!"

Lara lachte. So stand es im Drehbuch. Dann antwortete sie affektiert, wie Betsy eben war: „Also, du musst dir schon überlegen, was du willst: Gesund werden oder knutschen!"

Julia lachte auch. Aber nicht als Stella, sondern als Julia eben. Und hinter ihnen lachte noch jemand. Die blonde Frau, die nur lustlos in ihrem Essen herumgestochert hatte und mit ihrem Smartphone beschäftigt war.
„Saukomisch, wie du das rübergebracht hast!", lobte sie. „Klang beinahe mehr nach Betsy als Betsy selbst. Bist du zum Vorsprechen da?"
Lara wurde rot und nickte.
„Das ist Mareike Simonsen, die Produzentin der Chaos-WG", stellte Julia sie vor. „Sie ist die, die sich alle Bewerberinnen ansehen muss."
Mareike Simonsen kam zu ihnen an den Tisch. „Ich hatte schon gar keinen Appetit mehr, weil ich so viele schlechte Schauspielerinnen gesehen habe. Aber das ist nun zum Glück vorbei."
Plötzlich war Lara ziemlich übel. „Heißt das ... Sie haben schon jemanden, der die Amélie spielen wird?"
Die Produzentin nickte. „Ja. Ein Mädchen, das lustig spielen kann, das freundlich und fröhlich rüberkommt und sehr hilfsbereit ist. Und das sich offenbar auch noch saugut mit den Schauspielern versteht."
Lara holte tief Luft. „Und ich Depp habe noch nicht mal meine Bewerbungsunterlagen abgegeben", murmelte sie. „Chance vertan."
Mareike Simonsen schmunzelte. „Ich habe nur ein Problem mit der neuen Besetzung", gab sie zu. „Ich kenne den Na-

men des Mädchens noch gar nicht. Mir scheint, es hat seine Unterlagen gar nicht abgegeben."

Lara schüttelte den Kopf. „Dass noch jemand so blöd ist wie ich, das ..."

Dann bemerkte sie das breite Grinsen von Julia. Adam Groß hinten in der Ecke klatschte. Und Paula zeigte ihr beide Daumen, dazu ein Lächeln, das jeden Schwerverbrecher in einen Heiligen verwandelt hätte.

„Mensch, bist du schwer von Begriff!", polterte Julia los. „Sie meint di-hich!"

Lara blickte von Paula zu Adam zu Kimberley zu Julia zu Mareike Simonsen. Es sah aus, als würde ein Huhn in der Luft Körner picken.

„Mich?", prustete Lara dann los. „Sie meinen wirklich mich?"

Die Produzentin legte ihr den Arm um die Schultern. „Ich habe den ganzen Morgen lang nur Mist gesehen. Bis auf eben. Erstens hat mir gefallen, wie hilfsbereit du bist und dass du keine Scheu vor den Stars hast. Viele andere Mädchen haben kein einziges Wort herausgebracht. Und wie du Betsy gespielt und gesprochen hast – Bombe!"

Lara konnte es noch immer nicht glauben. Sie wartete nur darauf, dass jemand mit einer Kamera unter dem Tisch hervorkam und rief: „Ätsch, reingefallen, du bist Stargast in unserer Show *Deppen gibt es überall*!" Aber es tauchte niemand auf.

„Wenn du aufgegessen hast, würde ich dich gerne den anderen vorstellen", schlug Mareike Simonsen vor. „Ich kann ja nicht alleine entscheiden, aber meine Nase für Talente hat mich noch nie getäuscht."
Lara stand auf. „Ehrlich gesagt, ist mein Hunger völlig verschwunden. Ich komme gleich mit."
Die Produzentin freute sich. „Klasse, aber deinen Namen weiß ich immer noch nicht."
Lara verzog das Gesicht. Arrrgh, wie peinlich! „Also, Lara …!"
„Gut." Sie wandte sich an Adam und Julia. „Wir starten mit dem Probedreh in zehn Minuten, ja?"
Die beiden nickten. Und Paula strahlte noch immer über das ganze Gesicht. Paula, ihre beste, beste, beste Freundin!

Natürlich hat bei Lara nicht alles auf Anhieb geklappt. Auch sie musste sich an die Kamera gewöhnen. Heute aber ist es für sie eine Selbstverständlichkeit. Die Rolle der Amélie wurde wieder gestrichen. Dem Chefautor fiel auf, dass es etwas unrealistisch wäre, wenn sich ein dreizehnjähriges Mädchen alleine ein Zimmer in einem fremden Land suchen würde. Aber das war großes Glück für Lara. Sie ist nämlich nun festes Mitglied der Chaos-WG geworden. An Betsys Stelle. Die Schauspielerin von Betsy wollte sich doch lieber mehr auf die Schule konzentrieren. Lara kam da gerade richtig. Betsy zog aus und Clarissa ein – das ist Lara. Es gibt nun Poster von ihr und Adam, genauso, wie sie es sich erträumt hat. Einmal mussten sie sich sogar küssen. Vor der Kamera. Lara war es, als würden Funken zwischen ihnen hin und her sprühen, so schön war das. Aber auch unwirklich, wenn einem etwa zweihundert Leute beim Knutschen zusehen – oder besser: ein paar Hunderttausend. Ob aus der Sache noch was wird? Das ist noch nicht entschieden. Adam ist derzeit solo. Und Lara bekommt jeden Tag fünfzig Liebesbriefe aus dem ganzen Land.

Sie findet es sehr merkwürdig, wie sich Jungs in sie verlieben können, die sie doch gar nicht kennen. Paula grinst dann immer und sagt: So wie du mit Adam früher. Aber Lara findet, das sei doch etwas ganz anderes.

Mit Julia ist Lara übrigens ganz dick befreundet. Nicht ganz so wie mit Paula, aber Julia kommt an eins Komma einster Stelle.

Kimberley nimmt neben der Schule Schauspielunterricht. Letztens hatte sie sogar eine Theateraufführung. Aber keiner sollte kommen. Lara, Julia und Paula schlichen sich natürlich trotzdem in die Vorstellung. Kimberley spielte zwar keinen Baum, aber sie musste nur einmal über die Bühne gehen, affektiert „Oh, mein Gott!“ rufen und betroffen gucken.

Doch das hat natürlich niemand erfahren. Auch wenn es Kimbie ist: Lara und Paula können schweigen wie die Gräber.

Ende

Einfach himmlisch

Den Rest der Woche über schwebte Lara wie auf Wolke sieben. Sie hatte ein Date! Ein richtiges, mit einem absoluten Traumboy! Nino hing zwar nicht wie Adam Groß in jedem Mädchenzimmer ihrer Klasse als Poster. Aber er war hübsch, charmant, klug und konnte sich sogar mit einem Mädchen unterhalten. Die Jungs aus ihrer Klasse interessierten sich bloß fürs Zocken am Computer. Nur Kimberley entlockte ihnen ab und zu ein Lächeln, das verriet: Wir wissen, dass es so was wie Mädchen gibt.

Paula sah das Ganze kritischer: „Bist du sicher, Lara?", fragte sie am Mittwochnachmittag, als Lara wieder zwei Stunden lang von Nino geschwärmt hatte. Sie hockten auf Laras Bett, umringt von Stofftieren. Das Drehbuch der Chaos-WG, das Lara geschickt bekommen hatte, lag beinahe unberührt unter ihrem Schreibtisch auf dem Boden.

„Ja!", hauchte Lara, als würde sie Nino in diesem Augenblick heiraten. „Er ist genau so, wie ich mir meinen Freund vorstelle: hübsch, charmant, klug. Und er kann sich sogar …"

„Jaja", unterbrach Paula sie. „Das habe ich irgendwo schon einmal gehört."

Sie nahm ihre beste Freundin in den Arm. „Ich freue mich, wenn du glücklich bist", sagte sie ehrlich. „Aber vielleicht überstürzt du das alles ein bisschen. Du kannst Nino doch sagen, dass du gerne zu ihm kommst, aber Samstag eben nicht."

Lara schüttelte Paulas Arm ab. „Aber ich will doch! Das Casting interessiert mich nicht mehr."

Paula sah Lara tief in die Augen. „Lara!", flüsterte sie dann. „Meine liebe, gute, süße Lara! Schau dich einmal in deinem Zimmer um. Was siehst du? Ist da vielleicht ein Poster von Adam Groß an der Wand?"

Lara ließ den Kopf hängen und nickte.

„Du bist zum Casting eingeladen, da wollten Tausende von Mädchen hin", machte Paula noch einmal klar. „Und ich glaube echt, dass du große Chancen hast, die Rolle zu kriegen."

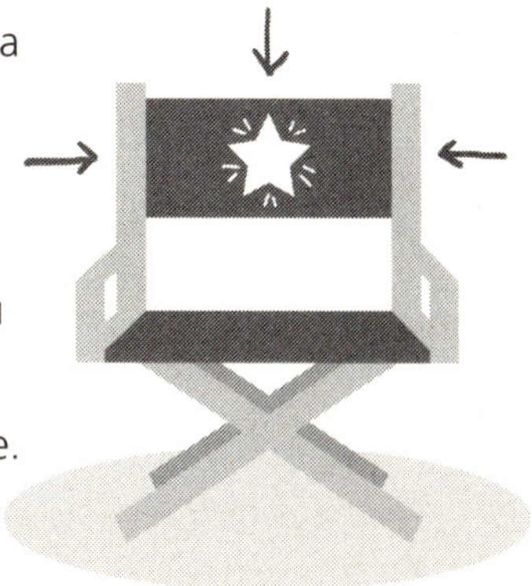

Lara rieb sich unschlüssig die Hände. „Ich habe einfach Angst", gab sie zu. „Wenn ich die Rolle kriege, kommt Nino vielleicht nicht damit klar. Hast du schon mal von einem Star gehört, der mit einem Zimmermädchen verheiratet ist? Oder einem Straßenbahnfahrer? Die sind immer nur mit anderen Stars zusammen. Weil diesen Rummel kein normaler Mensch aushält."

Paula stand auf. „Hm, okay, das verstehe ich. Aber kannst du nicht trotzdem zum Casting gehen? Wenn du die Rolle wirklich bekommst, kannst du immer noch absagen. Denn wenn du nicht hingehst, wirst du es sicher dein Leben lang bereuen. Vielleicht ist das der erste Schritt zu einer Karriere beim Film? Wer weiß ..."

Lara verschränkte bockig die Arme. „Und vielleicht heirate ich Nino, wir kriegen sieben Kinder, er macht noch zwanzig weitere Eisdielen auf und die ganze Sippe wohnt in der größten Villa der Stadt!"

Paula grinste. „Gleich neben der von Adam Groß …?"
Jetzt reichte es Lara endgültig. Paula hatte nun wirklich ein Kissen an den Kopf verdient! Sie bombardierte ihre beste Freundin mit Kissen, dem großen Schlumpf und ihrem Stoffhasen. Paula wehrte sich aus Leibeskräften und feuerte lachend den Mops durchs Zimmer.

Es wurde eine herrliche Kissenschlacht und Paula und Lara kicherten sich all ihre Sorgen von der Seele.
Als Laras Mutter an die Tür klopfte, weil es ihr etwas zu wild zuging, ließen sich die beiden erschöpft aufs Bett sinken.
„Jetzt brauche ich aber dringend Schokolade!", japste Lara.
Doch Paula schüttelte ihre Lockenpracht. „Nein, viel besser: Schokoladeneis! Wir gehen zum Venezia. Vielleicht ist ja diese hübsche Bedienung da."
Lara stieß Paula ihren Ellenbogen in die Rippen. „Du …!"
Dann aber zogen sie sich doch die Schuhe an und marschierten los.
Vor der Eisdiele war wie immer viel los. Die meisten Tische waren besetzt, die Sonne strahlte. Schon von Weitem sah Lara, dass auch Nino wieder aushalf.
„Du, weißt du was?", fragte Paula. „Wie wär's, wenn wir deinen Nino testen? Er war nett zu dir. Aber vielleicht bist du ja gar nicht die Einzige?"

Lara blieb empört stehen. Am liebsten hätte sie Paula eine gescheuert. Aber was, wenn Paula Recht hatte? Lara dachte kurz nach.

„Okay", willigt Lara ein. Wenn Paula Nino auf die Probe stellen soll, lies weiter auf Seite 119.

„Liebe sollte ohne solche Tests auskommen", erwidert Lara. Wenn du derselben Ansicht bist, lies weiter auf Seite 133.

Ehrlich währt am längsten

Lara merkte, wie ihre Handflächen feucht wurden. Es war ihr sehr unangenehm, Nino abzusagen. Aber sosehr sie ihn mochte, das Casting ging vor.

„Ich, also, ich würde schon gerne kommen", stammelte Lara. „Aber Samstag geht es nicht. Ich bin schon … Ich hab schon …" Sie räusperte sich, aber der Frosch aus ihrer Kehle wollte einfach nicht verschwinden. „Ähm, ich muss mit Paula zu einem Tennisturnier. Sie ist in der Endrunde."

Nino wirkte enttäuscht. „Ah, verstehe", antwortete er knapp. „Und du bist da Schiedsrichterin?"

Lara wurde rot. „Nein, ich bin nur zum Daumendrücken dabei. Sie ist meine beste Freundin und ich hab's versprochen …"

Nino nickte. „Okay, wie du meinst." Er stand auf. „Dann bis demnächst!"

Nino nahm das Tablett mit dem leeren Eisbecher und marschierte schnurstracks zur Theke zurück. Ein Mädchen, das noch etwas bestellen wollte, ignorierte er einfach.
„Shit!", fluchte Lara in sich hinein. Das war gehörig in die Hose gegangen! Warum nahm Nino das auch gleich persönlich? Sie hatte einfach schon was vor, na und?
Lara ließ die Schultern hängen. Sie wusste genau, wie weh Absagen taten, auch wenn es Gründe für sie gab.
Sie lief, so schnell es ging, zu Paula. Ihre beste Freundin war gerade auf dem Weg zum Hip-Hop.
„Aber du kannst mitkommen", schlug Paula vor. Unterwegs berichtete Lara, was passiert war.
„Okay", fasste Paula zusammen, als sie sich im Studio umzog. „Positiv: Er ist süß und hat dich eingeladen. Negativ: Er ist eingebildet und kann mit Absagen nicht umgehen."
Lara schüttelte den Kopf. „Eingebildet würde ich nicht sagen, einfach enttäuscht. Er mag mich eben sehr gern."
Paula stand auf. Sie sah super aus in ihren Tanzklamotten. „Das würde dann so weitergehen, meine Kleine", prophezeite Paula. „Jedes Mal,

wenn wir zwei uns treffen wollten, würde Nino eine Fluppe ziehen."

Lara seufzte. „Das glaube ich nicht." Aber irgendwie wusste sie, dass Paula doch Recht hatte.

Zum Glück warf Paulas Trainer in diesem Moment die Musik an und die Mädels legten los. Eine Stunde lang dachte Lara nicht eine Sekunde an Castings, Eisdielen und Einladungen.

Zehn Tänzerinnen waren in Paulas Team. Und jede von ihnen hatte richtig was drauf. Einzeln waren sie gut, zusammen atemberaubend! Jede Bewegung saß, jede Figur war perfekt. Bei den meisten Stücken tanzten sie völlig synchron, als würden sie von einem großen Marionettenspieler alle gleichzeitig geführt.

„Mann, jetzt bin ich echt k. o.!", schnaufte Paula erschöpft und verschwand in Richtung Duschen.

Lara wartete solange im Vorraum. Die Gedanken an Nino kehrten mit aller Gewalt zurück.

„Ich glaube, ich weiß, was ich mache", erklärte Lara der frisch geduschten Paula. „Ich sage Nino die Wahrheit. Entweder, er kann sie ertragen, dann haben wir eine Chance. Oder er macht mir eine Szene, dann ist es sowieso aus."

Paula klatschte ihre beste Freundin ab. „Superidee! In einer Beziehung sollte man immer ehrlich sein. Damit kann man ruhig auch schon vor der Beziehung anfangen!"

Lara bekam augenblicklich weiche Knie. Wer gab schon gerne zu, gelogen zu haben? Zum Glück begleitete Paula sie zum Venezia.

Doch Nino war nicht zu sehen. Lara setzte sich an denselben Tisch wie vorhin, wurde aber von Ninos Vater bedient.

„Was wünschen die hübschen jungen Damen?", fragte er lächelnd.

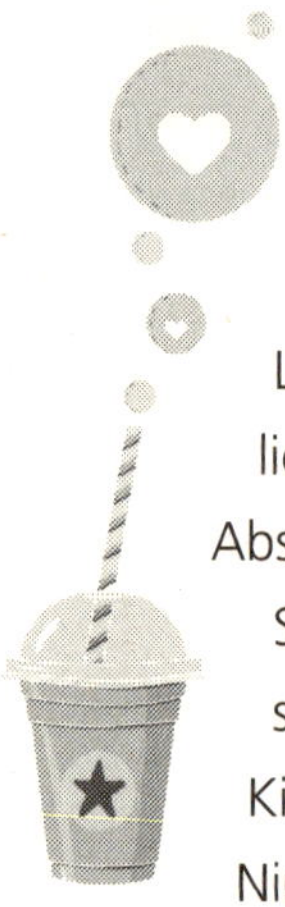

„Zwei Schokomilchshakes und …" Lara wurde rot. „Ist Nino auch da? Ich müsste etwas mit ihm besprechen. Wegen der Party am Samstag …"

Ninos Vater lächelte. „Ah, ihr kommt doch, oder?"

Lara verzog das Gesicht. „Vielleicht. Ich habe eigentlich schon etwas Wichtiges vor, aber Nino nimmt die Absage persönlich."

Sein Vater winkte ab. „Ach, Nino! Er ist ein toller Bursche, aber manchmal reagiert er noch wie ein kleines Kind. Ich hole ihn."

Ninos Vater telefonierte kurz. Als er aufgelegt hatte, nickte er Paula und Lara zu. Fünf Minuten später servierte Nino den beiden ihre Milchshakes.

„Kommst du vom Tennis?", begrüßte Nino sie und starrte auf Paulas Sporttasche. „Du hast deinen Schläger vergessen!"

Lara lächelte. „Setz dich, Nino, ich muss mit dir reden."

Nino setzte sich und verschränkte die Arme vor der Brust. „Was ist?"

Lara stupste ihn an. „Hey, jetzt sei nicht so blöd. Ich würde echt gerne zu eurer Party kommen, das habe ich deinem Vater auch schon gesagt. Aber ich habe wirklich etwas Wichtiges vor."

„Klatschen beim Tennisturnier, ich weiß."

„Nichts weißt du", fuhr Lara ihn an. „Ich habe einen Termin, der sich nicht verschieben lässt. Und der wahrscheinlich einmalig in meinem ganzen Leben ist. Entweder du akzeptierst das oder eben nicht." Sie griff nach Ninos Hand. „Ich würde mich freuen, wenn du mir wenigstens zuhörst."

Nino atmete tief durch. „Okay, schieß los."

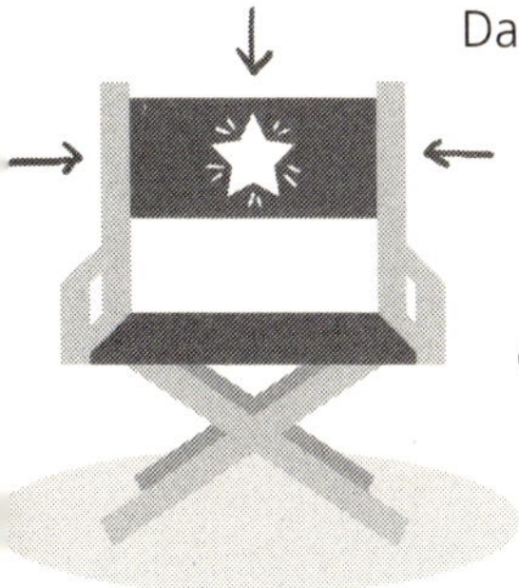

Dann berichtete Lara von dem Casting. Von ihrer Lieblingsserie. Von ihrem großen Traum, dort in den Studios einmal vorzusprechen. Sie erzählte auch ein bisschen von Adam, aber das schmückte sie nicht zu sehr aus.

Als sie am Ende war, nickte Nino. Auf den ersten Blick war nicht zu erkennen, was das bedeutete. Aber zum Glück konnte er ja sprechen.

„Da musst du hin", sagte er dann. Richtig begeistert klang er nicht, aber auch nicht mehr enttäuscht.

„Du hast nichts dagegen?"

Nino lachte. „Welches Recht hätte ich, dich davon abzuhalten? Ich gebe ganz offen zu …" Er warf einen Seitenblick auf Paula, aber die gab sich keine Mühe, wegzuhören. „Du gefällst mir sehr gut, Lara. Ich habe dich schon immer beobachtet, wenn du hier warst. Du weißt, ich mache mit allen Mädchen meine Sprüche, aber bei dir ist das ernst."

Paula nickte beeindruckt. Der Junge hatte Mut!

„Ich sehe die Chaos-WG auch öfter", gestand Nino. „Und ich weiß, wie gut Adam Groß aussieht. Aber wenn ich das nicht aushalten könnte, wäre ich ein schlechter Freund."

Laras Herz schlug heftig. Ein schlechter Freund. Sie bildete sich also nichts ein. Nino hatte großes Interesse an ihr.

„Bis vor Kurzem war ich mit Nicky zusammen, ihr kennt sie sicher vom Sehen", erzählte Nino. „Eigentlich bin ich noch nicht bereit für eine neue Freundin, aber …" Er nahm Laras Hand und hielt sie fest. „… aber manchmal kann man eben nicht auf den richtigen Zeitpunkt warten …"

Wurde Lara so rot, dass sie im Dunkeln geleuchtet hätte!

„Warum kommst du nicht einfach mit zum Casting?", rutschte es ihr raus.

Nino lachte. „Lara, die Party …"

Lara sah ihm tief in die Augen. „Manchmal kann man eben nicht auf den richtigen Zeitpunkt warten …"

Nino massierte sich das Kinn wie ein Boxer nach einem harten Treffer. „Warum eigentlich nicht?", sagte er dann. „Wenn ich gut bei den Vorbereitungen helfe, lässt mein Vater mich sicher gehen."

Auf dem Nachhauseweg war Paula völlig von den Socken.

„Mensch, Lara, du gehst ja ran!“, staunte sie. „Das hast du richtig gut gemacht.“
In den nächsten drei Tagen war Lara jeden Nachmittag in der Eisdiele. Einmal trank sie eine Limonade, die anderen beiden Male holte sie Nino nur ab und ging mit ihm im Stadtpark spazieren. Sie redeten über alles und jeden. Alberten herum. Einmal schubste Nino Lara sogar in den Springbrunnen. Als Buße holte er zwei Veggie-Döner und Pommes, und sie legten sich auf die Knutschwiese am Goethe-Denkmal. Kimberley war auch da. Mit einem Typ, der schon rauchte und heimlich eine Büchse Bier trank, sonst aber wie ein Grundschüler aussah. Lara tat so, als sähe sie ihre eingebildete Klassenkameradin gar nicht.

Zum Abschied küsste Nino Lara zum ersten Mal richtig. Es war ein langer, warmer Kuss, der Lara jeden Atem raubte. Lara küsste zurück und der Abschied wurde viel, viel länger als geplant. Lara blieb zurück auf der Wiese, das T-Shirt war wieder getrocknet. Sicher von ihrem heißen Herzen.

Warum soll ich noch zum Casting gehen?, denkt Lara. Mehr Glück geht gar nicht. Wenn du Lara zustimmst, lies weiter auf Seite 142.

Jetzt fehlt nur noch die Rolle in der Chaos-WG zum perfekten Glück!, denkt Lara. Wenn du das auch so siehst, lies weiter auf Seite 133.

Glückliche Wendung

Lara versteckte sich hinter einem Baum im Stadtpark. Von hier aus konnte sie die Eisdiele gut im Auge behalten, aber selbst gesehen wurde sie wohl nicht.
Ihr war mulmig zumute. Sie malte sich aus, wie Nino *sie* testen würde. Was würde er herausfinden? Dass sie für Adam Groß schwärmte? Dass Sam sie neulich ins Kino eingeladen hatte? Dass Levin aus der Neunten sie einmal nach der Schule küssen wollte?
Das alles hatte für Lara keinerlei Bedeutung. Doch im falschen Moment würde es für Nino sicherlich so aussehen.
Lara wollte Paula doch noch stoppen, aber es war zu spät. Paula ging bereits mit forschem Schritt auf die Eistheke zu.
Lara biss sich auf die Lippe. Vielleicht war es doch keine soooo schlechte Idee, den Zukünftigen zu prüfen, bevor man sich einem Betrüger an den Hals warf. Andererseits zeugte es

nicht gerade von Vertrauen. Und das sollte doch die Grundlage jeder Beziehung sein.
Lara ballte die Fäuste. Was war richtig, was falsch? Dass aber auch immer alles so kompliziert sein musste, wenn es um die Liebe ging! Konnte man Vertrauen haben, ohne den anderen zu prüfen? Lara war sehr gespannt, was der Test für ein Ergebnis brachte.
Paula war auch gespannt. Angespannt, eher. Der Test war ihre Idee gewesen, aber jetzt war sie sich nicht mehr so sicher. Wenn Nino ihrer Freundin das Herz brechen wollte, dann sollte er das doch lieber tun, wenn sie nicht in der Nähe war. Wie alle Mädchen stellte auch sie sich in die Schlange, die Nino bediente. Lara hatte eine gute Wahl getroffen, das musste man ihr lassen. Nino war wirklich so niedlich, wie sie ihn seit Tagen beschrieb. Doch Paula bemerkte auch sofort, dass er sich das süße Lächeln und die Komplimente nicht allein für ihre Freundin aufhob.
„Hi, Süße!", begrüßte Nino das Mädchen vor Paula, eine aufgetakelte Zicke mit meterlangen Fingernägeln. „Fruchtbombe, wie immer?"
Die Süße nickte und sah Nino dabei verträumt an.

Nino hantierte gekonnt mit dem Eislöffel, schnitt in Windeseile Ananas und Kiwi klein und zauberte eine Sensation, die einem das Wasser im Mund zusammenlaufen ließ. Paula war platt. Und auch die Zicke war begeistert.
„Wow, voll toll, wie du das machst!", säuselte sie.
„Für dich gebe ich mir doch immer besonders viel Mühe", antwortete Nino. Dann sah er Paula an. „Und was bekommt die schöne Dame mit den Locken?"
Paula wurde rot. Sie war in einer Zwickmühle. Ihr gefiel das Kompliment natürlich. Auf der anderen Seite fand sie dieses Rumgeschleime eine Sauerei. Nino hatte ihrer besten Freundin ernste Hoffnungen gemacht. Aber offensichtlich war sie da nicht die Einzige.
„Ähm, ein Spaghettieis, bitte", antwortete Paula mit trockenem Mund.
Nino nickte und warf sofort ein, zwei, drei Kugeln Vanilleeis in einen silbernen Becher.
„Ist das Natur?", erkundigte er sich zwischendurch und machte mit dem Finger eine Wirbelbewegung.
Paula lächelte. „Klar, an mir ist alles echt."
Nino pfiff durch die Zähne. „Solche Frauen braucht das Land." Er zeigte mit dem Kinn nach draußen. „Da ist gerade ein Tisch frei geworden. Wenn du sitzen willst, bringe ich dir den Becher vorbei."
„Danke, sehr aufmerksam von dir!", sagte Paula und beeilte sich, zu dem einzigen freien Tisch zu kommen. Was sollte sie

Lara sagen? Nino flirtete mit allen Mädchen, das war kein Geheimnis. Aber irgendwie gehörte es wohl auch zum Geschäft, denn sein Vater machte mit den erwachsenen Frauen genau das Gleiche. Und auch bei den Männern hatte er immer einen flotten Spruch auf den Lippen, um sie zum Lachen zu bringen. Sie spielten die typischen Italiener, damit ihre Gäste wiederkamen. Und da die Eisdiele immer voll war, machten sie das wohl richtig gut. Aber konnte Lara das aushalten? Auch wenn weiter nichts lief als flirten, würde Lara sicher zu Hause sitzen und sich Sorgen machen. Vielleicht war ja doch mal eine dabei, die toller war als sie?

Paula sah zur Theke. Nino war noch immer mit ihrem Eis beschäftigt. Sie holte ihr Handy raus und rief Lara an.

„Ich kann noch nichts sagen“, berichtete Paula. „Nino wollte nicht gleich mit mir knutschen, aber geflirtet hat er schon. Sollen wir den Test abbrechen? Dann komm doch einfach zu … – Moment!“

Eine rothaarige Schönheit drängelte sich in diesem Moment an der ganzen Schlange vorbei zu Nino. Paula kannte sie vom Sehen. Sie war auf einer anderen Schule und eine Klasse höher als Lara und sie. Nicky, wenn Paula sich nicht irrte.

„Nino, warum Samstag?“, hörte sie Nicky schimpfen. „Du weißt, dass ich da nicht kann!“

Nino verzog das Gesicht. Dass ihm ein Mädchen in der Öffentlichkeit eine Szene machte, gefiel ihm gar nicht.

„Nicky, bitte", zischte er. So scharf, dass Paula es bis nach draußen hörte.

„Warum macht dein Vater eine Party, wenn die Freundin seines Sohnes nicht kann?"

Paula musste husten. Freundin? Hatte sie das gerade richtig verstanden?

Nino sah zu Boden. Drei Mädchen in der Schlange begannen schon zu tuscheln. „Es lässt sich eben nicht verschieben. Komm, ich gebe dir ein Spaghettieis aus, den Rest besprechen wir heute Abend bei mir."

Er schob Nicky Paulas Eis hin. Dann beugte er sich über die Theke und küsste die Rothaarige auf den Mund. Die ließ sich das nur zu gerne gefallen, besonders, weil sie wohl die neidischen Blicke der anderen Mädchen im Rücken spürte.

Paula sprang auf. Sie hatte genug gesehen. Mehr als genug. Diesem Nino konnte man nicht trauen.

„Und ich hätte beinahe das Casting wegen ihm abgesagt!", schluchzte Lara. Sie war so tief enttäuscht, dass sie sich auf Paula aufstützen musste. Eine ganze Stunde lang schlenderten sie so durch den Park. Dann setzten sich die beiden Freundinnen auf eine Bank.

„Man darf einfach nicht mit den Gefühlen von anderen Menschen spielen", schniefte Lara. „Das ist die Regel Nummer eins!"

Paula gab ihr Recht. Auch noch am Donnerstag und am Freitag. Am Samstagmorgen aber stauchte sie ihre beste Freundin zusammen.
„Oh doch, du gehst zum Casting! Du hast dich drei Tage lang in deinem Zimmer verbarrikadiert und dich beklagt. Jetzt ist es an der Zeit, wieder die Sonne in dein Leben zu lassen!"
Ohne Laras Antwort abzuwarten, ging Paula zum Schrank und warf eine fesche Kombination aufs Bett. Lara sah nicht mal hin und zog sich die Decke über den Kopf. Aber Paula gab nicht auf. Sie zog die Decke weg und kitzelte Lara so lange, bis sie sich freiwillig unter die Dusche stellte. Als Lara zurückkam, war ihr Gesicht kaum noch verquollen.
„Schminken!", befahl Paula. Sie packte das Drehbuch in Laras Handtasche. Dazu einen Deostift und eine Handvoll Kräuterbonbons, die sie besorgt hatte.

„Was nutzt das beste Vorspielen, wenn du dabei stinkst wie ein Iltis?"

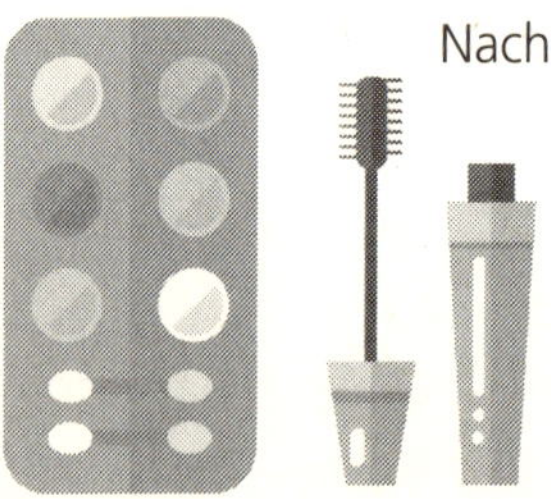

Nach drei Tagen Heulen hatte Lara keine Kraft mehr, sich gegen die Entschlossenheit ihrer Freundin zu wehren. Und tief in sich drin war sie Paula dankbar, auch wenn sie es im Moment nicht zeigen konnte.

„Okay, fertig", sagte sie irgendwann matt.
Paula lachte. „Toll siehst du aus. Wenn du jetzt noch lächelst, hast du die Rolle so gut wie sicher."
Lara schluckte. Die Rolle! Sie hatte in den letzten Tagen keinen Gedanken mehr an das Casting verschwendet. Ihr Kopf war einfach mit anderen Dingen beschäftigt gewesen. Sie kannte weder den Text noch wusste sie, um was es in der Staffel genau gehen würde. Sie sollte Amélie sein und in der Chaos-WG für eine Woche einziehen. Aber was dort dann alles passieren würde, davon hatte sie keinen blassen Schimmer.
Als sie ihre Fahrräder vor dem Fernsehstudio abstellten, wollte Lara gleich wieder gehen.
„Ich glaube, das ist keine gute Idee", sagte sie geknickt. „Ich fühle mich schrecklich und eine weitere Abfuhr in dieser Woche würde ich auch nicht ertragen."
Paula rollte paulamäßig mit den Augen. „Abfuhr! Wer redet denn von Abfuhr? Du wirst gleich deinen großen Schwarm treffen, mit ihm vor der Kamera stehen. Hallo …" Sie klopfte mit dem Fingerknöchel an Laras Stirn. „Hallo, jemand zu Hause?"
Lara stieß Paulas Hand weg, musste aber lachen. Zum ersten Mal seit Dienstag. Als Paula sie gekitzelt hatte, zählte nicht.
„Okay, dann mal auf in den Kampf!"
Die Frau an der Anmeldung im zweiten Stock wurde von einem ganzen Pulk von Mädchen mit Fragen bombardiert.

Irgendwann stand sie auf und wischte sich eine pinke Strähne aus dem Gesicht. „Ist irgendjemand noch nicht angemeldet?"
Paula hob gleich den Arm. „Hier, meine Freundin!"
Die Frau grinste. „Kann deine Freundin auch selber sprechen?"
Lara versuchte ein Lächeln. „Klar." Sie kramte die Unterlagen aus ihrer Handtasche, die das Filmteam ihr geschickt hatte. Die Mädchen machten Platz und Lara legte alles auf den Tisch. Die Frau überflog die Zettel, dann drückte sie einen Stempel auf die letzte Seite.
„Ich brauche noch eine Unterschrift von dir", erklärte sie. „Für die Probeaufnahmen."
Lara unterschrieb.
„Und jetzt lernt ihr gleich schon das Wichtigste, was ein Schauspieler können muss …"
„Autogramme schreiben?", rief ein Mädchen dazwischen. Alle lachten, auch die Frau mit der pinken Strähne.
„Nein. Warten!"
Sie hatte nicht übertrieben. Es dauerte eine Ewigkeit, bis die erste Kandidatin aufgerufen wurde und durch die große Tür hinter der Anmeldung im Studio verschwand. Dann hieß es wieder warten. Nach etwa fünf Minuten kam das Mädchen zurück. Kreidebleich. Ihrem Freund zeigte sie den gesenkten Daumen. Der nahm sie gleich in den Arm und tröstete sie.
Lara seufzte. Sie konnte so gut mit dem Mädchen mitfühlen.

Aber wenigstens hatte sie einen Freund, auf den sie sich verlassen konnte. Der hielt sich sicher nicht auch noch andere Tussis nebenher warm …

Ein Mädchen nach dem anderen wurde nun aufgerufen. Manche kehrten schon nach einer Minute zurück, bei manchen dauerte es fast eine Viertelstunde.

Dann endlich wurde Lara aufgerufen. Sie sprang so heftig vom Stuhl, dass er umfiel. Die Frau mit der pinken Strähne sah amüsiert von ihren Unterlagen auf. „Na, du kannst die Rolle wohl nicht schnell genug bekommen, was?"

Lara verzog das Gesicht. Eigentlich hatte sie sich nur erschreckt, weil sie völlig in Gedanken gewesen war. Und in diesen Gedanken hatte Nino eine nicht unwesentliche Rolle gespielt.

„Nein, ja", stammelte sie. „Ähm, kann meine Freundin mit rein?"

Die Frau musterte Paula kurz und befand sie dann offenbar als angenehme Zuschauerin.

„Okay, wenn sie still ist. Und jetzt …" Sie drückte beide Daumen.

„Danke!", murmelte Lara.

Dann trat sie ins Studio. Das Wohnzimmer der Chaos-WG war aufgebaut. Laras Herz machte einen Sprung. Es war so unglaublich, dass sie hier war.

„Danke, dass du mich hergeschleift hast!", sagte sie und küsste Paula auf die Wange.

Vor dem Wohnzimmer saßen drei Erwachsene auf Stühlen, ein Mann und zwei Frauen. Sie führten gerade eine heftige Diskussion.
„So bringt das alles nichts", schimpfte der Mann mit dem grauen Bart. „Die leiern alle nur ihren Text runter, das ist Zeitverschwendung!"
Die blonde Frau fuchtelte wild mit den Armen durch die Luft, als wollte sie Mücken verscheuchen. „Wie, bitte schön, sollen wir es dann machen?"
Die zweite Frau warf ihr Drehbuch auf den Boden. „Improvisieren, die hohe Kunst der Schauspielerei! Wer von den Mädchen das kann, kann auch Texte auswendig lernen und dann spielen!"
Der Mann knurrte zustimmend. Die andere Frau nickte.
„Okay, dann brauchen wir aber jetzt einen der Schauspieler", beschloss sie. „Lass Adam antanzen!"
Lara musste husten. Adam? Sollte sie wirklich mit Adam spielen?
Die drei Erwachsenen drehten sich um.
„Oh, da bist du ja schon", sagte die blonde Frau und sah in ihre Unterlagen. „Lara, die Schokolade liebt, richtig?"
Lara nickte.
„Ich bin Mareike Simonsen, die Produzentin", stellte sich die Frau vor. „Das sind Sabine Hansen, die Regisseurin, und Günther Madré, unser Chefautor. Uns musst du überzeugen." Sie lächelte freundlich. „Deine Freundin kann sich zu uns setzen."

Paula ging zu einem vierten Stuhl und hockte sich.

Lara wusste nicht, was sie machen sollte. Also betrat sie das Wohnzimmer. DAS Wohnzimmer. In der Chaos-WG. In echt. Es war Wahnsinn! Alles sah genauso aus wie im Fernsehen. Lara konnte es kaum glauben!

„Hi!", sagte da plötzlich eine bekannte Stimme hinter ihr.

Laras Herz schlug bis zum Hals. Diese Stimme hätte sie unter Millionen herausgehört. Jason – Adam.

Sie drehte sich um und lächelte. Wie in einem kitschigen Film, wenn sich zwei Menschen das erste Mal sehen und dann sofort klar ist, dass sie zusammengehören.

Adams Profilächeln veränderte sich, als Lara ihn ansah. Täuschte sie sich oder weiteten sich seine Pupillen? Das war doch ein Zeichen, dass Lara ihm gefiel, oder?

„Hi!", wiederholte Adam. „Schön, dich kennenzulernen. Hast du die Rolle?"

Mareike Simonsen mischte sich ein. „Nein, wir haben unsere Pläne geändert. Ihr sollt improvisieren. Also, hauptsächlich Lara. Günther hat sich Folgendes ausgedacht. Günther?"

Der Chefautor räusperte sich. „Ich denke die Geschichten ja immer schon weiter. Amélie ist nach einer Woche in der WG wieder ausgezogen, aber nicht aus der Serie verschwunden.

Adam hat sie in den letzten Tagen heftig angebaggert und Amélie glaubt ihm seine Liebesschwüre. Nun aber hat sie ihn mit Stella beim Knutschen erwischt. Stell ihn zur Rede, Lara!"

Lara hätte beinahe laut losgelacht. Diese Situation hatte sie sich tagelang zu Hause im Bett ausgemalt! Nino die Meinung zu geigen, und zwar richtig. Genau das zu sagen, was in ihr vorging. Alle Nervosität war mit einem Mal wie weggeblasen.

„Du hast mir sehr wehgetan …", begann Lara und drehte sich von Adam weg. „Ich habe dir vertraut und du hast nur mit mir gespielt …"

Sie dachte daran, wie toll sie sich bei Ninos zartem Kuss gefühlt hatte. Und wie hart dann der Absturz war.

„Amélie, ich kann alles erklären …"

„Ich will es aber nicht hören!", antwortete Lara mit brüchiger Stimme. „Ich kann dir nie wieder glauben, egal was du sagst."

Adam trat hinter Lara und legte ihr die Hände auf die Schultern. Lara wollte sie wegschieben, aber ihre Gefühle für diesen Jungen waren einfach zu stark. Tränen liefen ihr die Wangen hinunter.

„Du hast mein Herz zerstört!", flüsterte sie.

Adam drehte sie um und sah ihr tief in die Augen. „Amélie, ich wollte mich nur für immer von Stella ver-

abschieden. Aber sie wollte mich nicht für dich freigeben. Sie wollte einen Abschiedskuss und hat mich dann nicht mehr losgelassen. Ich liebe aber nur dich!"

Lara schluckte ihren Kummer hinunter. „Beweise es!", forderte sie.

Und dann passierte, was nur in Träumen passiert und niemals in der Realität: Adam Groß, der berühmte Filmstar, küsste das unberühmte Mädchen Lara. Erst nur sanft auf den Mund. Dann richtig. So leidenschaftlich, dass Mareike Simonsen sich nach einer viel zu kurzen Ewigkeit dezent räusperte.

Von diesem Tag an waren Adam und Lara unzertrennlich. Auch heute noch, drei Monate später, verbringen sie jede freie Minute miteinander. Und viele der unfreien auch, denn Lara bekam natürlich die Rolle. Sie ist nun wirklich auf den Postern, die den Zeitschriften beigelegt sind, neben Jason zu sehen. Die in ihrem Zimmer hat Lara natürlich abgehängt, sie hat ihren Adam ja nun jeden Tag im Arm. Manchmal gehen die beiden mit Paula ins Venezia. Erst nur, um Nino eins auszuwischen. Der hat ganz schön bedröppelt aus der Wäsche geschaut. Nach einer Weile aber legte sich Laras Groll. Schließlich hat ihr Nino im gewissen Sinne die Rolle verschafft. Und wäre sie damals zu seinem Fest statt zum Casting gegangen … Na ja.

Paula hat inzwischen sogar auch einen Job bei der Chaos-WG. Sie ist bei Stella und Betsy im Jazz-Dance-Kurs, hinten die zweite von links. Sie macht das saugut. „Und es reicht ja, wenn eine von uns beiden im Rampenlicht steht, oder?", sagt Paula immer.

Nino ist nach einigem Hin und Her übrigens mit Nicky zusammengeblieben. Das Flirten mit allen anderen hübschen Mädchen verzeiht sie ihm, denn Nino hat Nicky beteuert, dass es nie was Ernstes ist und er nur sie liebt. Hoffentlich bleibt das auch so.

Ende

Cool bleiben!

Nino und Lara hatten in den letzten Tagen so viel Spaß miteinander gehabt, dass es eigentlich nur noch eine Frage der Zeit war, bis sie fest zusammenkamen. Es fehlte nur noch die berühmte Frage „Willst du mit mir gehen?“
Aber vielleicht musste man die auch gar nicht stellen, wenn beiden klar war, was sie wollten?

Nino hielt Laras Hand, als sie am Samstag das Fernsehstudio betraten. Nino hatte sich tierisch darüber gefreut, dass Lara nicht nur Paula, sondern auch ihn gebeten hatte, mit zum Casting zu kommen.

Alle Gänge des Gebäudes waren voller Mädchen. Aber Lara wirkte selbstsicher, und das hübscheste Mädchen der Stadt war sie sowieso. Hoffentlich wurde das eine feste Sache …

An der Anmeldung holte Lara ihre Unterlagen aus der Handtasche und legte sie vor einer Frau mit pinker Strähne auf den Tisch.

„Hallo, ich bin Lara", sagte sie mit fester Stimme. „Die neue Amélie."

Als die Frau Lara erstaunt ansah, zwinkerte Lara. „Keine Angst, so eingebildet bin ich nicht, aber versuchen würde ich es gerne."

Die Frau nickte. „Es sind noch eine ganze Menge Bewerberinnen vor dir dran, aber du hast dir ja gleich doppelt Verstärkung mitgebracht, da wird dir sicher nicht langweilig werden."

Lara schüttelte den Kopf. „Bestimmt nicht."

Als in der Nähe drei Plätze frei wurden, rannte Nino los und reservierte sie.

„Den hast du aber gut erzogen", staunte Paula. „Nino ist so nett – bist du sicher, dass er kein Mädchen ist?"

„Ganz sicher", antwortete Lara und lächelte verträumt.

Knapp zwei Stunden später wurde Lara endlich aufgerufen. Bisher, so schien es ihr, hatte noch keines der Mädchen die Filmcrew überzeugt. Sie holte tief Luft.

„Kommt ihr mit?"

Paula und Nino sahen sich an. „Klar, gerne."

„Ist das in Ordnung?", erkundigte sich Lara bei der Frau mit der pinken Strähne.

Sie musterte Nino und Paula übertrieben streng, dann nickte sie. „Aber seid bitte leise. Die Regisseurin Sabine Hansen mag es gar nicht, wenn jemand das Vorsprechen stört."

Nino bedankte sich. „Wir werden Ihnen keine Schande machen."

Dann gingen sie ins Studio.

Laras Puls verdoppelte sich schlagartig. Es roch schon irgendwie nach Film. Genau so hatte sie sich ein Fernsehstudio vorgestellt. Ein bisschen muffig, dunkel, leise. Das Wohnzimmer der Chaos-WG aber war natürlich mit großen Strahlern hell erleuchtet. Zwischen den Kameras saßen drei Erwachsene, ein Mann und zwei Frauen.

„Und wenn wir die Rolle der Amélie wieder streichen?", sagte der Mann gerade und strich sich durch seinen grauen Vollbart.

„Günther, das geht doch nicht", antwortete eine der Frauen genervt. „Meinst du, die Kids vergessen den Casting-Aufruf? Wir müssen eine Amélie finden!"

Lara räusperte sich. „Vielleicht bin ich das?", sagte sie halb selbstsicher, halb schüchtern.

Die drei Erwachsenen fuhren herum. Die Frau, die eben gesprochen hatte, lachte. „Ja, vielleicht bist du das."

Sie kam auf Lara zu und schüttelte ihr die Hand. „Ich bin Sabine Hansen, die Regisseurin. Der Herr da drüben ist Günther

Madré und als Chefautor verantwortlich für die Texte, die hier alle aufsagen. Die Dame daneben ist Mareike Simonsen, unsere Produzentin."

„Ich habe meine Freunde als Unterstützung mitgebracht", erklärte Lara. „Sie werden auch bestimmt mucksmäuschenstill sein."

Paula und Nino nickten stumm, als wollten sie schon jetzt beweisen, wie still sie sein konnten.

Sabine Hansen wies ihnen Stühle in der Ecke des Raums zu.

„Also, Lara, du hast es ja eben mitbekommen, bisher hat uns noch keine Bewerberin auch nur ansatzweise gefallen. Du bist die drittletzte Kandidatin. Und wir haben eben beschlossen, euch drei gleichzeitig zu casten. Wenn es mit euch nämlich nicht klappt, müssen wir einen Plan B ausarbeiten."

Lara nickte, obwohl ihr die Sache gar nicht gefiel. Sie sollte sich gegen zwei andere durchsetzen, während die neben ihr standen? Doch sie traute sich nicht zu protestieren.

Sabine Hansen schien Laras Zweifel jedoch zu ahnen. „Das hat natürlich Nachteile, klar. Aber auch einen Vorteil: Ihr probt mit den Schauspielern. Die sind bei den anderen bisher noch nicht aufgetaucht." Sie lächelte. „Klingt das für dich besser?"

Lara nickte heftig. Sie hatte gar nicht daran gedacht, dass Adam und all die anderen gar nicht da sein könnten.

„Dann hol doch bitte die anderen zwei noch rein, Zombo, und sag auch der WG Bescheid."

Ein junger Mann mit engen schwarzen Hosen, schwarzem T-Shirt und riesiger Brille sprang sofort zur Tür hinaus.
Und was dann kam, haute Lara echt vom Stuhl. Die beiden Mädchen kannte sie nur zu gut. Kimberley, die eingebildete Schnepfe aus ihrer Klasse, die immer alles bekam, was sie wollte. Und die andere war sogar noch schlimmer: Ninos Ex Nicky! Lara kannte sie vom Sehen. Eine rothaarige Schönheit, die sich benahm, als würde sie Lara und Kimbie gar nicht ernst nehmen!

Doch dann kamen der Reihe nach Jason, Robin, Betsy und Stella ins Studio. Lara konnte es nicht fassen. Ein Traum ging in Erfüllung. Sie traf ihre Stars! Und nicht nur das. Sie bettelte nicht um ein Autogramm, wie Tausende anderer Mädchen – sie stand mit ihnen in den Kulissen der Chaos-WG! Die vier Schauspieler drückten den drei Bewerberinnen nicht sofort ihre privaten Handynummern in die Hände. Aber sie begrüßten sie doch höflich und machten auch ein paar Scherze. Stella, die im echten Leben Julia hieß, flüsterte Lara ins Ohr, sie solle einfach locker bleiben.
Und dann begann die Ausscheidung. Es war hart, aber fair. Zuerst war Kimberley dran und, hey, sie machte ihre Sache wirklich gut. Das musste sogar Lara zugeben. Konnte ihren Text, spielte super, war Amélie.
Lara war als Zweite dran. Nachdem sie Kimbie gesehen hatte, konnte sie den Text auch, ohne zu viel ins Drehbuch schauen

zu müssen. Sie hatte einen freien Kopf, um Amélie zu spielen. Aber irgendwie war die ganze Aufregung doch zu viel. Kimberley, Nicky, Adam, Nino. Dazu Stella, Robin und Betsy, die ihr wie Geschwister vorkamen, so gut kannte sie die Chaos-WG. Lara verhaspelte sich zweimal mit dem französischen Akzent, den sie Amélie verpasste, sprach Robin einmal mit Betsy an und Jason sogar mit Adam.

Die Regisseurin lachte. „Eine Amélie, die aufgeregt ist, weil sie neu in die WG zieht. Gute Idee!", lobte sie.

Dann aber kam Nicky und spielte alle an die Wand. Paula, Kimberley, Lara und Nino saßen vor dem Wohnzimmer und sahen gespannt zu. Jeder von ihnen wusste sofort, wer die Rolle kriegen würde. Nicky spielte mit einem Feuer, als wollte sie Nino zeigen, was er verpasst hatte. Diese Spannung übertrug sich auch auf die Schauspieler und sie machten viel intensiver mit als bei Kimberley und Lara. Adam schaute Nicky sogar einmal mit einem Blick an, der echtes Interesse zeigte. Nicht mal ein so toller Schauspieler wie er konnte das verstecken.

Als Nicky fertig war, klatschten alle. Das hatten sie bei Kimberley und Lara auch getan, aber jetzt klang es anders.

Sabine Hansen kam zu ihnen. „Ihr habt es sehr gut gemacht", erklärte sie noch einmal. „Aber unsere Amélie ist Nicky."
Kimberley stand auf. Sicher war sie eingeschnappt und wollte irgendeine Frechheit loswerden. Doch sie sagte nur: „Das sehe ich genauso. Vielen Dank für diesen aufregenden Vormittag."
Lara schüttelte allen die Hand zum Abschied. Auch Adam Groß. Sie hatte gedacht, wenn sie ihn berührte, würde die Welt stillstehen. Ihr großer Schwarm seit drei Jahren! Aber es war kaum anders, als einem Fremden die Hand zu geben.
Nino drückte ihr einen dicken Kuss auf die Wange. „Ich bin wahnsinnig stolz auf dich!", sagte er mit glänzenden Augen. „Das hätte ich mich niemals getraut."
Auch Paula nickte. „Ich hätte kein einziges Wort rausgebracht. Und meine beste Freundin bleibt cool wie ein Eisbär."
„Tschau", hauchte Kimberley und wollte gehen. Nino hielt sie fest.
„Hey, nicht enttäuscht sein, okay? Du hast das auch super gemacht."

Er sah Lara an, um sich die Erlaubnis zu holen. Lara nickte. „Mein Vater gibt bei uns zu Hause gerade eine Party. Wenn wir uns beeilen, kriegen wir noch Nachtisch."

Kimberley strahlte. „Ist das eine Einladung? Wenn Lara nichts dagegen hat, bin ich dabei!"

Es wurde ein toller Nachmittag. Und ein toller Abend, denn die Party ging bis spät in die Nacht. Seitdem ist Kimberley dick mit Paula und Lara befreundet. Kimberley hatte sogar mal was mit Paulas größerem Bruder, aber wie immer bei Kimbie hielt das nicht lange. Paula ist aktuell in ihren neuen Tanzlehrer verschossen. Der ist erst siebzehn, hat aber schon eine Goldmedaille bei irgendeiner Meisterschaft in den USA gewonnen. Ende offen.

Adam soll angeblich mit Nicky in einem Nachtclub geknutscht haben. Aber das kann auch einfach nur ein Gerücht sein. Julia, die die Stella spielt, ist anscheinend mit dem Schauspieler von Robin zusammen. Von Betsy hört man nichts. Sie würde wohl am liebsten aus der Serie aussteigen und ihr Abi nachholen. Nino gefällt das natürlich – eine gute Ausbildung muss sein!

Lara und er sind inzwischen fest zusammen. Sie vertrauen sich gegenseitig und genau deswegen haben die beiden auch keine Geheimnisse voreinander. Nino lässt Lara auch mal etwas alleine mit Kimbie und Paula unternehmen. Dass sie dann keine anderen Jungs anquatscht, ist für ihn klar. Nino macht weiter seine flotten Sprüche, wenn er hinter der Theke steht. Aber wenn die Mädchen mehr von ihm wollen, bleibt er kalt wie eine Fruchtbombe. Lara würde er nie

betrügen, ob sie nun ein Star ist oder ein normales Schulmädchen.
Ob die beiden es bis in die größte Villa der Stadt schaffen, wie Lara sich das manchmal vorstellt? Mit sieben Kindern und zwanzig Eisdielen? Wer weiß, es könnte vielleicht klappen …

Ende

Party Time!

Als Lara am Samstagmorgen aufwachte, war sie heilfroh, nicht zum Casting zu müssen. Der Gedanke daran, Jason, Stella, Betsy und Robin in echt gegenüberzustehen, war aufregend gewesen. Aber auf den Postern reichten sie Lara eigentlich auch.

Das größte Poster, auf dem Adam mit freiem Oberkörper und dieser knackengen Jeans posierte, hatte Lara abgenommen, zusammengefaltet und ganz unten in ihre Schreibtischschublade verbannt. Lara war nun fest mit Nino zusammen. Und wie hätte sie das gefunden, wenn er ein Poster von Stella im Bikini über dem Bett aufhängen würde? Lara stand auf und zog die Vorhänge auseinander. Die Sonne strahlte in ihr Zimmer.

Das war sowieso eine gute Methode, wenn man mit jemandem zusammen war, fand sie. Bei allem erst mal zu überlegen, wie man selbst wohl darauf reagieren würde. Wenn Nino alleine zur Tanznacht ins Haus der Jugend wollte, würde ihr das nicht gefallen. Also ging Lara auch nicht alleine. Im Moment wollte sie sowieso am liebsten jede freie Sekunde mit Nino zusammen sein.

Sie schmunzelte bei dem Gedanken, wie das alles gekommen war. Lara hatte ihren ersten Freund getroffen, weil sie nicht für das Casting hatte proben wollen. Eigentlich musste sie Adam Groß und der Chaos-WG dankbar dafür sein. „Wenn Nino und ich mal heiraten, dann seid ihr vier meine Trauzeugen", sagte sie zu den Postern an der Wand und lachte.

Dann duschte Lara und machte sich schick. Es war kurz vor halb zehn. Um diese Zeit wäre sie ursprünglich zum Casting aufgebrochen. Sie betrachtete das Drehbuch auf ihrem Schreibtisch. In ihrem Herzen regte sich nichts. Kein Bedauern. Sie hatte die richtige Entscheidung getroffen.

Als Laras Handy vibrierte, vibrierte auch ihr Herz. Doch es war nicht Nino, wie sie gehofft hatte, es war Paula.

„Bist du sicher?", erkundigte sich ihre beste Freundin nun schon zum dreihundertfünfzehnten Mal.

„Jaha!", antwortete Lara genervt. „Willst *du* vielleicht gehen? Wenn du es schaffst, dich als Lara auszugeben, müssen sie dich eigentlich sofort unter Vertrag nehmen!"

Paula lachte. „Nee, lass mal", drang ihre Stimme kichernd aus dem Handy. „Ich tanze, da bin ich oft genug auf der Bühne. Wann soll ich bei dir sein?"

Die Party sollte in einer halben Stunde beginnen, also verabredeten sich die beiden Freundinnen in zwanzig Minuten an der Eisdiele.

Lara kämpfte lange mit ihrem Vater, bis er ihr erlaubte, bis zwanzig Uhr bei Nino zu bleiben.

„Wenn Paula auch so lange darf!", fügte er natürlich noch streng hinzu.

Lara nickte. Paula durfte eigentlich immer. Sie hatte einen großen Bruder, der die meisten Sachen schon vor Jahren durchgeboxt hatte.

Als Lara an der Eisdiele ankam, fiel Paula fast vom Fahrrad. „Meine Güte, Lara!", jubelte sie begeistert. „Wo hast du das Kleid her!"

Lara stellte ihr Rad ab und drehte sich wie eine Ballerina. Das neue Kleid hatte schwarz-weiße Streifen, die sich wie Wirbel im Wasser um sie herumwanden. Es ging bis knapp unters Knie und war weder zu sexy noch zu brav.

„Nino ist dir bis ans Lebensende verfallen, wenn er dich so sieht!", lobte Paula.
Lara lachte. „Das ist er doch sowieso schon!"
Dann radelten die beiden Freundinnen weiter. Lara war bisher noch nicht bei Nino zu Hause gewesen, aber ihr Handy navigierte sie fehlerfrei zur Adresse, die Nino ihr gegeben hatte. Auch ohne wäre es nicht allzu schwer gewesen. Italienische Musik schallte ihnen schon von Weitem entgegen.
Vor der Tür wartete Nino sichtlich nervös. Als er Lara und Paula sah, entspannte er sich nicht wirklich.
Er half Lara vom Fahrrad und küsste sie flüchtig auf den Mund. Irgendetwas bedrückte Nino.
„Ich muss mit dir reden, Lara", begann er. Im Bruchteil einer Sekunde bildete sich ein dicker Knoten in Laras Bauch. Was kam nun? Mussten sie wieder fahren? Ein dunkles Geheimnis? War Nino etwa schon verheiratet? Blödsinn.
„Was?", fragte sie nur knapp. Ihre Stimme zitterte.
Nino holte tief Luft. „Du weißt, ich war früher mit Nicky zusammen. Sie ist nicht auf eurer Schule. Eigentlich habe ich vor drei Monaten Schluss gemacht und dann war auch lange alles gut. Aber seit zehn Tagen ruft mich Nicky plötzlich wieder an. Sie will mich zurückhaben, sagt sie. Neulich in der Eisdiele hat sie mir sogar einen Kuss aufgezwungen, vor allen Gästen! Ich war so froh, dass du das nicht gesehen hast."
Nino nahm Laras Hände. „Bitte, glaub mir, Lara. Das geht nicht von mir aus. Meine Entscheidung ist klar. Und auch

schon bevor ich dich getroffen habe, war mit Nicky Schluss. Da ist nichts mehr von meiner Seite."

Lara sah zu Paula. Paula nickte.

„Gut, dass du mir das sagst, Nino", antwortete Lara leicht benommen. „Ich glaube dir." Sie sah ihm in die Augen. „Lüg mich nie an, hörst du? Mein Freund soll mir immer die Wahrheit sagen!"

Nino legte seine rechte Hand aufs Herz. „Das ist die Wahrheit. Nicky ist natürlich nicht zur Party eingeladen und sie hat wohl sowieso einen anderen Termin. Aber ich habe irgendwie im Gefühl, dass sie hier auftauchen und Stunk machen könnte."

Lara schob ihr Fahrrad an einen Laternenmast vor dem Haus und kettete es an. Sie dachte nach. Am liebsten wäre sie direkt wieder abgehauen. Diese Nicky hatte ihr die Party jetzt schon gründlich versaut.

Stopp!, ermahnte sich Lara in Gedanken. Keiner kann dir irgendetwas versauen. Es kommt immer auf deine Reaktion an!

„Lass sie Stunk machen", sagte sie deshalb. „Wir feiern euer Fest!"

Nino lächelte. Es war deutlich zu sehen, dass ihm eine Zentnerlast vom Herzen gefallen war.

Ninos Vater kannte Lara ja bereits aus der Eisdiele. Aber Nino stellte ihr auch den Rest seiner großen Verwandtschaft vor. Die Jüngsten von ihnen hüpften fröhlich auf der Tanzfläche herum.
Lara und Paula kamen aus dem Staunen nicht mehr heraus. Das Haus von Ninos Eltern stand am Stadtrand auf einem riesigen Grundstück. Hinter einem Blumengarten, der in tausend Farben erstrahlte, war eine Hütte mit Bar. Hier war auch das Büfett aufgebaut: lauter italienische Spezialitäten, die Lara, mal abgesehen von Pizza und Spaghetti, alle noch nie probiert hatte.
Nach und nach kamen auch jede Menge Nachbarn und machten sich über die Köstlichkeiten her. Eine Flasche Wein nach der anderen wurde geöffnet. Ab fünfzehn Uhr war die Tanzfläche immer voll. Auch Nino und Lara tanzten. Erst fühlte es sich für Lara echt merkwürdig an. Bisher hatte sie auf Festen immer zu den Kindern gehört. Jetzt tanzte sie mit ihrem Freund wie ein richtiges Paar.
Eine Tante fragte Lara sogar mit einem Schmunzeln, wann sie ihren Neffen denn heiraten wollte.
Es hätte wirklich ein traumhafter Tag werden können. Doch um kurz vor sechs kam noch ein Paar in den Garten. Arm in Arm. Lara musste würgen, als sie die beiden erkannte. Paula stellte ihr Glas ab. Nino stammelte nur: „Mamma mia! Sag, dass das ein Albtraum ist!"
Nicky kam in den Garten, wie sie es früher vielleicht schon ein

paarmal gemacht hatte. Aber jetzt hatte sie einen Kerl im Arm, den Lara nur zu gut kannte: Adam Groß! Ihren Jason aus der Chaos-WG! Das war also Nickys Termin gewesen. Sie hatte beim Casting mitgemacht – und war offensichtlich erfolgreich gewesen. Zumindest in einem Punkt.

Als sie sich ganz sicher war, dass Nino auch hinschaute, zog Nicky Adams Kopf zu sich und küsste ihn auf den Mund.

Adam Groß wirkte überrumpelt, aber so schnell konnte er nicht reagieren. Er küsste sie zurück, schien sich aber unwohl dabei zu fühlen.

„Sollen wir nicht erst mal den Gastgeber begrüßen?", hörte Lara ihn fragen.

Nicky lachte und schleuderte ihre roten Haare in den Nacken. „Das haben wir doch gerade."

Nino ging zu den beiden. Die Erwachsenen hatten kurz zu Adam und Nicky gesehen, die Köpfe geschüttelt und sich dann weiter unterhalten. Sicher kannte niemand von ihnen Adam Groß aus dem Fernsehen.

„Hallo, Nicky, nett, dass du mich besuchst, aber das hier ist eine private Party von meinen Eltern und wenn ich mich richtig erinnere, haben sie dich nicht eingeladen."

Adam Groß grinste schief. „Nicky, was soll das? Du hast gesagt, jeder könnte kommen?"

Nicky warf Lara und Paula einen abfälligen Blick zu. „Stimmt doch auch, Nino gibt sich ja wirklich mit allen ab."

Lara ballte die Hand zur Faust. Am liebsten hätte sie dieser

Nicky die passende Antwort um die Ohren gehauen. Doch Nino brauchte gar keine Hilfe.
„Ich weiß, es ist leicht, die neue Freundin seines Ex zu beleidigen, Nicky", sagte Nino seelenruhig. „Aber für mich wertest du sie mit jedem Wort, das du sagst, nur noch mehr auf."
Nicky klappte den Mund auf. Schnappte nach Luft wie eine Forelle am Strand. Und klappte ihn dann wieder zu.
Adam Groß ließ ihre Hand los. „Ex? Sag mal, kannst du mir mal erklären, was hier gespielt wird? Du hast gesagt, das sind Fans der Chaos-WG und ich soll so tun, als wären wir ein Paar. Als Geschenk, sozusagen. Aber irgendwie habe ich das Gefühl, du hast mich reingelegt. Ich hau ab!"
Adam Groß machte drei Schritte aufs Gartentor zu, dann drehte er sich noch mal um. Laras Jason. „Nichts für ungut Leute, tut mir leid. Ich dachte, ich tue der neuen Amélie einen Gefallen. Tschö!"
Er hob die Hand und verschwand. Verschwand aus Laras Leben. Adam schien ein anständiger Kerl ohne Starallüren zu sein, das hatte er eben bewiesen. Aber wenn Lara Nino ansah, bebte ihr Herz.
„Ich ... ich geh dann auch mal", stammelte Nicky und verzog sich. Nino sah ihr nicht mal hinterher.
„Feiern wir weiter?", fragte er Lara und Paula.
Die beiden nickten.
„Klar, was sonst?", antwortete Lara. „Ein Fest kannst du dir nur selbst vermiesen."

Nicky sah man nur ein einziges Mal in der Chaos-WG. Ihr Auftritt als französische Austauschschülerin Amélie war so peinlich, dass die ganze Rolle sofort gestrichen wurde. Auch in der Eisdiele tauchte sie nie wieder auf. Lara sieht sie ab und zu mal von Weitem an der Bushaltestelle vor ihrer Schule.

Paula tanzt immer noch Hip-Hop. Nächsten Monat fliegt sie zu einem Wettkampf nach Australien, irre Sache! Sie hat mal kurz mit Ninos Cousin Fabio angebandelt, aber daraus wurde nichts Ernstes.

Adam Groß ist noch immer solo – steht jedenfalls in allen Zeitschriften. Stella, Robin und Betsy werden immer irgendwelche Liebeleien angedichtet, kaum dass sie sich mal mit jemandem unterhalten. Aber da ist vermutlich nichts dran.

In die Chaos-WG ist ein neuer Mitbewohner eingezogen: Rio, Jasons kleiner Bruder. In Wirklichkeit heißt er Jan und sieht wahnsinnig gut aus. Er wäre glatt was für Lara, aber die ist mit ihrem Nino immer noch sauglücklich. Nino tut alles für Lara. Und seit er ins Fitnessstudio geht, „um das Eis wieder von der Hüfte zu kriegen", wie er sagt, kann Nino seine Lara wortwörtlich auf Händen tragen. Eine kleine Krise hatten die beiden in der Zeit, in der sie nun schon zusammen sind,

aber doch. Ninos Cousin Gabriele behauptete, Lara knutschend mit einem anderen Typ gesehen zu haben. Zum Glück war Lara an dem Wochenende mit ihren Eltern bei Oma gewesen. Trotzdem brauchte es eine Weile, um Nino wieder davon zu überzeugen, dass sie nur ihn liebt. Wer ihre Doppelgängerin war, haben beide bis heute nicht rausgekriegt. Aber vielleicht hat sich Gabriele das Ganze auch bloß ausgedacht. Er steht nämlich auch ziemlich auf Lara. Aber da besteht echt gar keine Gefahr.

Ende

Hast du das Zeug zum Filmstar?

1. Würdest du gerne einmal an einem Casting teilnehmen?

☐ Ja klar, das wollte ich schon immer machen.

☐ Vielleicht, habe noch nie darüber nachgedacht.

★ ☐ Auf keinen Fall, das ist nichts für mich.

2. Wie würde deine Bewerbung aussehen?

☐ Irgendetwas Kreatives und Witziges

☐ Selbstbewusstes Anschreiben und ein professionelles Foto von mir

★ ☐ Bloß nicht hochstapeln, am Ende kann ich die Erwartungen nicht erfüllen!

3. Deine Klasse soll ein Theaterstück an der Schule aufführen. Welche Rolle übernimmst du dabei?

★ ☐ Ich kümmere mich am liebsten um die Organisation.

☐ Ich spiele natürlich die Hauptfigur.

☐ Ich schreibe das Stück und übernehme eine kleine Rolle.

4. Eine Klassenkameradin schreibt die Hausaufgaben bei dir ab. Als euer Lehrer das merkt, stellt er dich zur Rede. Wie reagierst du?

★ ☐ Ich sage nichts und nehme eine schlechte Note in Kauf, schließlich möchte ich niemanden verpfeifen.

☐ Ich rede zunächst mit meiner Klassenkameradin und gebe ihr die Chance, die Sache selbst aufzuklären.

☐ Ich teile dem Lehrer mit, dass meine Klassenkameradin bei mir abgeschrieben hat. Wieso sollte ich eine schlechte Note bekommen, wenn ich nichts falsch gemacht habe?!

5. Du sollst ein Referat halten, hast aber deine Notizen zu Hause vergessen. Was tust du?

- ☐ Alles halb so schlimm, ich improvisiere einfach.
- ★ ☐ Ich gebe vor, dass mir schlecht sei, und melde mich krank. Ich wäre selbst mit meinen Notizen nervös genug gewesen!
- ☐ Ich gebe mein Bestes und versuche trotzdem, mein Referat zu halten. Das meiste kann ich sowieso auswendig.

6. Lernst du gerne neue Leute kennen?

- ☐ Ich lege es nicht drauf an, aber wenn sich etwas ergibt, freue ich mich.
- ☐ Unbedingt!
- ★ ☐ Ich fühle mich bei Leuten, die ich schon kenne, viel wohler.

7. Dir wird eine Rolle für eine neue Serie in den USA angeboten. Wie reagierst du?

- ★ ☐ Ich glaube nicht, dass ich die Rolle annehme. Dafür müsste ich alle meine Freunde und meine Familie zurücklassen!
- ☐ Wahnsinn! Hollywood, ich komme!
- ☐ Cool, damit hätte ich gar nicht gerechnet. Aber soll ich dafür wirklich die Schule abbrechen?!

8. Zwei deiner Freundinnen haben einen heftigen Streit, da die eine der anderen mit unfairen Mitteln die Hauptrolle im Schultheaterstück weggeschnappt hat. Was machst du?

- ☐ So ein Verhalten ist nicht in Ordnung. Ich spreche mit beiden offen und ernst über die Situation und bemühe mich anschließend darum, dass sich die beiden wieder versöhnen.
- ☐ So etwas geht gar nicht. Ich sage eindeutig meine Meinung und kündige der Freundin, die sich falsch verhalten hat, die Freundschaft.
- ★ ☐ Ich halte mich aus dem Streit heraus, schließlich geht mich das eigentlich nichts an. Außerdem möchte ich mit beiden befreundet bleiben.

9. Für die Probeaufnahmen bei einem Casting sollst du ein schreckliches Kleid tragen. Welche Aussage könnte von dir stammen?

- ☐ No Way! Den hässlichen Fummel ziehe ich nie im Leben an!
- ★ ☐ Na gut ... Ich probier's mal. Ihr werdet schon wissen, was gut aussieht.
- ☐ Gibt es nicht noch eine andere Alternative? In diesem Kleid fühle ich mich irgendwie unwohl.

10. Dein Schwarm lädt dich zu seiner Party ein, die genau am selben Tag wie ein wichtiges Casting stattfindet. Wofür entscheidest du dich?

- ☐ Jungs kommen und gehen. Wenn ich erst einmal berühmt bin, kann ich jeden haben!
- ☐ Hm ... Vielleicht kann ich ja nach dem Casting noch zur Party?!
- ★ ☐ Auf diese Einladung warte ich seit Monaten. Das ist definitiv wichtiger als irgendeine Fernsehrolle!

Ich habe

_____ mal

_____ mal

_____ mal ★

Auswertung:

Hauptsächlich :

Glanz, Glamour, Spotlight – du stehst gern im Mittelpunkt und genießt die Aufmerksamkeit anderer. Du weißt genau, was du willst, und vertrittst offen deine Meinung. Kritik verunsichert dich nicht. Eine Filmkarriere ist dein großer Traum und du hättest absolut das Zeug dazu!

Hauptsächlich :

Die Schauspielerei reizt dich, denn hier kannst du deiner Kreativität freien Lauf lassen. Doch sie kommt für dich nicht an erster Stelle. Du bist ein absoluter Kopfmensch und wägst wichtige Entscheidungen sorgfältig ab. Bleib dir selbst treu, dann steht deinem Glück nichts im Weg. Und die Schauspielerei kannst du als Hobby beibehalten!

Hauptsächlich ★ :

Das Wichtigste im Leben sind für dich deine Familie und deine Freunde, auf die du dich immer verlassen kannst. Du bist sehr treu und zuverlässig und man kann jederzeit auf dich zählen. Beim Film würde dich höchstens ein Job hinter den Kulissen interessieren. Aber die sind schließlich genauso wichtig wie die Schauspieler, die vor der Kamera stehen!

Ravensburger Bücher

1000 Gefühle
Du entscheidest selbst!

1000 mal Herzklopfen und weiche Knie

Diese Bände sind bisher erschienen:

Habe ich			ISBN 978-3-473-
○	Band 1	Herzklopfen beim Schüleraustausch	52557-7
○	Band 2	Liebesalarm auf dem Tierhof	52558-4
○	Band 3	Gefühlschaos beim Chatten	52559-1
○	Band 4	Traumtyp am Filmset	52560-7

www.ravensburger.de

Ravensburger

RTB_15_085